分類記憶
法語動詞變化

分期職權

志願動詞變化

如果有人問我中文裡那一部分最難學，我會不假思索地說：書寫！因為中文書寫不僅筆劃繁複多變，而且屬象形文字，和語音的關聯性不強，不像英文僅二十六字母，又是表音文字，基本上會說就會寫。看看我們低年級小學生還只能用東倒西歪的注音文書寫，他們接下來幾年中，國語課最難的功課就是學會好好寫字。更不用說對那些想學中文的外國人，眼下一個個像是會滾動的方塊字簡直是學習路上最難跨越的障礙。

那麼，法文呢？大家肯定會異口同聲地說：動詞變化！法語動詞變化比英語動詞變化更複雜，不僅分人稱單複數，還有語態、語式、時態之別，這些五花八門的變化交織在一起就是一整頁洋洋灑灑的動詞變化表。從語言學角度來看，漢語屬分析語（langue analytique），動詞形態不變；法語屬綜合語（langue synthétique），動詞形態多變，這些在我們母語不存在的形態變化自然成為我們學習法語最大的阻礙。大家在聽法國人彷彿口含魯蛋、滔滔不絕說著法文時，會不會覺得他們是否從母胎開始就懂得這些繁複的動詞變化，當然不是，編者的一個法國友人曾對我說，她的女兒還是個低年級小學生，說法語是永遠的現在式。因此當台灣小學生正低著頭，畫畫般仔細描寫國字時，地球的另一端，法國小學生也正唱歌般背誦著動詞變化。

法語時態變化眼花撩亂，雖然有規則可循，但有例外、有例外中的例外，有些動詞更放飛自我、全無規則約束。為了方便讀者記憶背誦，本書在編排方面不同其它法語動詞變化手冊，不僅希望給予讀者動詞變化的完整架構，還重視釐清變化細節。

首先、依照重要性和相互關聯性，將時態變化分為三部分、四小組，縱向方面由簡至難、由常用到罕用；橫向方面則加強各種時態變化間的內在聯絡。其次，書中時態變化說明多用表格分類：純文字敘述易流於繁瑣不清，表格呈現則合於視覺感知，更加清晰明瞭。最後，那些例外中的例外，那些完全無規則可言的部分則用紅字標明。因此如果讀者可以依循本書的編輯邏輯，由整體到細節、由規則到特例，學習法語動詞變化必能事半功倍！

編者　**賴志鈞**

目 錄
Content

法語動詞變化概述	01
主要時態變化	04
次要時態變化	15
其它時態變化	17
動詞變化表	21
動詞索引	109
相同動詞變化索引	127

法語動詞變化概述

動詞的功能在於表達動作、狀態、作用，但和漢語不同，法語作為綜合性語言，動作的進行、語氣的展示以及狀態的變化乃是通過動詞變化 (Conjugaison) 來表達。法語動詞由字根 (Radical) 和字尾 (Terminaison) 兩部分組合，其變化主要依據主詞的人稱 (Personne)、數 (Nombre) 以及語態 (Voix)、語式 (Mode)、時態 (Temps) 來進行。

人稱可區分為第一、二、三人稱，數則有單 (Singulier)、複 (Pluriel) 數之別，其組合如下表：

	Singulier	Pluriel
1re personne	je mange	nous mangeons
2e personne	tu manges	vous mangez
3e personne	il/elle/on/tout autre sujet mange	ils/elles/tout autre sujet mangent

語態 有 3 種

主動語態 (Voix active)：L'arbitre a sifflé la fin du match.
被動語態 (Voix passive)：La fin du match a été sifflée par l'arbitre. （參考表 3）
反身語態 (Voix pronominale)：Ces deux filles ne veulent plus se parler. （參考表 4）

語式 有 6 種

直陳式 (Indicatif)、虛擬式 (Subjonctif)、條件式 (Conditionnel)、命令式 (Impératif)、不定式 (Infinitif)、分詞式 (Participe)，前四種為人稱語式 (Mode personnel)，有人稱單複數之別；後二種為非人稱語式 (Mode impersonnel)，無人稱單複數之別。

		Ex.
Modes personnels	Indicatif	Je pars demain
	Subjonctif	Il faut que je parte demain
	Conditionnel	Je ne partirais pas ce soir s'il pleuvait
	Impératif	Pars avec moi ce soir
Modes impersonnels	Infinitif	Il vient de partir
	Participe	Voulant partir, j'ai acheté un billet d'avion

時態 有 16 種

時態簡單來說可以區分為表示事件發生早於說話時間的過去時 (Passé)、事件發生和說話同一時間的現在時 (Présent) 和事件發生晚於說話時間的未來時 (Futur)，但法語時態的實際應用其實很複雜，如表中直陳式中的過去時就有五種不同的表達方式，所以讀者可將其視為和語式一樣，都是動詞變化的種類名稱就好。法語人稱動詞變化中，直陳式有八種時態、虛擬式四種、條件式兩種、命令式也兩種。此外，這十六種時態又可分成由單一動詞形成的簡單時態 (Temps simples) 以及由一助動詞 (Auxiliaire) 和一過去分詞 (Participe passé) 組成的複合時態 (Temps composés) 兩大類。

在釐清各種不同時態[①]之後，還得注意到依據變化型態而分的不同動詞類型。未經變化的動詞是「原形動詞」或「不定式動詞」(Infinitif)，大部分動詞變化只有字尾發生改變，字根維持不變，這類動詞叫做規則動詞 (Verbe régulier)；

① 在中文裡我們也常直接用「時態」來泛指法語中「語式＋時態」的涵意

少數動詞變化時不只字尾改變，連字根也發生變化，這類動詞叫做不規則動詞 (Verbe irrégulier)。

據此可將法語動詞分為三組：第一組（參考表 5 到表 17）為規則動詞，原形以 -er 結尾（aller 除外），佔法語動詞的絕大多數，其動詞變化有規則可循，使其便於通行且易於創造新詞；第二組（參考表 18, 19）也屬規則動詞，原形以 -ir 結尾（少部分以 -ir 結尾的動詞屬於第三組），動詞變化最規則，約 300 多個字；第三組（參考表 20 到表 85）動作變化無規則可循，約 360 到 370 個字，不僅數量不再增加，某些動詞也罕見使用。

法語時態變化眼花撩亂，本書依其重要性與相互關聯性 (solidaire) 分為三大部分。第一部分為主要時態變化：九種時態變化各有不同，同時互相連繫，構成法語動詞變化的基礎，也就是說，只要能熟記這九種時態變化，就能掌握整個法語動詞變化，其它時態變化無非是這九種時態變化的不同組合，對其理解和應用就不再是動詞變化問題，而是文法問題。第二部分為次要時態變化：動詞變化表中其它九種時態變化。第三部分為其它時態變化：除直陳式最近未來時和直陳式最近過去時較常使用外，如超複合時態變化等極為罕用，列於書中供讀者檢索。

對於第一部分九種主要時態變化，本書不依動詞變化表中的順序來介紹說明，為方便記憶背誦，建議讀者能將其分為四組來學習。

將九種主要時態變化，分為四組來學習

第一組
直陳式現在時、現在分詞、過去分詞、未完成過去時

這四種不僅是初學者最先學，同時也是最重要的時態變化。

熟悉直陳式現在時方便我們推導出簡單未來時和虛擬式現在時的字根，而過去分詞又是簡單過去時最重要的參照。此外未完成過去時和現在分詞的字根相同，學習法語一段時間的讀者不難發現，我們常會從相對更熟悉的現在分詞反推出未完成過去時的變化。

第二組
簡單未來時、條件式現在時

兩種時態變化的字根不僅相同，而且條件式現在時的動詞變化和過去中的未來時 (Futur dans le passé) 一樣，因此可以將條件式現在時視為簡單未來時的過去形式

第三組
虛擬式現在時

這種時態變化複雜多變，自成一格。

第四組
直陳式簡單過去時、虛擬式未完成過去時

兩種時態變化的字根相同，雖然日常生活罕見使用，但建議讀者在閱讀小說之類的文學作品之前，能夠快速地瀏覽過一遍。

主要時態變化

一、直陳式現在時（Présent de l'indicatif）的組成

I. 第一組規則的動詞變化（Groupe I）

字根	字尾		例 : donner[表5]	
去掉原形動詞字尾 -er（第一組動詞的字根因為發音關係[②] 會出現不規則的變化，相關變化請參考表 6 appeler 到表 17 apprécier 的說明）	je	-e	donn	e
	tu	-es	donn	es
	il	-e	donn	e
	nous	-ons	donn	ons
	vous	-ez	donn	ez
	ils[③]	-ent	donn	ent

> [②] 法語時態常因發音問題而產生變化，建議讀者學習時能大聲朗誦，以便瞭解其變化原因。
> [③] 第三人稱單數 il, elle, on 以及其它主詞的動詞變化相同，複數也相同，為節省篇幅，本書中只列出 il, ils

II. 第二組規則的動詞變化（Groupe II）

Radical	Terminaison		Ex. : finir[表18]	
去掉原形動詞字尾 -r	je	-s	fini	s
	tu	-s	fini	s
	il	-t	fini	t
	nous	-ssons	fini	ssons
	vous	-ssez	fini	ssez
	ils	-ssent	fini	ssent

4

III. 第三組不規則的動詞變化（Groupe III）

此組動詞變化複雜，字根的組成沒有一致的規則，有些動詞單複數人稱的字根亦不相同，依據其字尾變化，大致可以劃分為四類，前三類型較少，絕大多數動詞屬於無規則變化的第四類，字根組成無規則可循，讀者必須留心記憶。

Radical	Terminaison	Ex. : offrir[表24]
offrir[表24]，cueillir[表30]，assaillir[表33] 去掉原形動詞字尾 -ir	je -e tu -es il -e nous -ons vous -ez ils -ent	offr e offr es offr e offr ons offr ez offr ent

Radical	Terminaison	Ex. : prendre[表51]
・rendre[表60]：去掉原形動詞字尾 -re ・asseoir[表36] prendre[表51] coudre[表59] moudre[④]：組成無規則，各單複數人稱的字根亦不完全相同 ・vaincre[表65] 亦屬此類，但 il vainc 稍有不同	je -s tu -s il d nous -ons vous -ez ils -ent	prend s prend s prend pren ons pren ez prenn ent

④ 本書中法文單字特別加上表數者，表示同一表中所有相同變化的動詞，如果沒有相同變化的動詞則不另加表數。

Radical	Terminaison	Ex. : vouloir
valoir[表41], vouloir, pouvoir：組成無規則，各單複數人稱的字根亦不完全相同	je -x tu -x il -t nous -ons vous -ez ils -ent	veu x veu x veu t voul ons voul ez veul ent

Radical	Terminaison	Ex. : dormir[表23]
其餘多數各表：組成無規則，各單複數人稱的字根亦不完全相同	je -s tu -s il -t nous -ons vous -ez ils -ent	dor s dor s dor t dorm ons dorm ez dorm ent

二、現在分詞（Participe présent）的組成

Radical	Terminaison	Ex. : vêtir[表27]
去掉直陳式現在時第一人稱複數（nous）字尾 -ons	-ant	vêtant

特例

être → étant　　avoir → ayant　　savoir → sachant

副動詞（Gérondif）：介詞 en + 現在分詞。Ex. Il est venu en courant.

三、過去分詞（Participe passé）的組成

第一組動詞和 aller 去掉原形字尾 -er 後加上 -é，即為過去分詞；
第二組動詞去掉原形字尾 -r，即為過去分詞；
第三組動詞過去分詞字根無規則可循，依據字尾可區分以下四類：

I.

Radical	Terminaison	Ex. : rendre[表60]
· courir[表21], tenir[表22], vêtir[表27], 去掉 -ir · falloir, valoir[表41], vouloir, pourvoir, voir[表48], choir, échoir, déchoir，去掉 -oir · rendre[表60], battre[表61], vaicre[表65]，去掉 -re	-u	rendu

以下動詞的過去分詞字根無規則可循

recevoir[表38] → reçu
pleuvoir[表39] → plu
pouvoir → pu
devoir → dû
savoir → su
mouvoir[表47] → mû

boire → bu
connaître[表55] → connu
croire → cru
coudre[表59] → cousu
plaire[表67] → plu
lire[表69] → lu

conclure[表71] → conclu
moudre[表72] → moulu
vivre[表74] → vécu
croître[表76] → crû
résoudre[表77] → résolu

II.

Radical	Terminaison	Ex. : dormir[表23]
· dormir[表23], servir[表25], sentir[表26], cueillir[表30] bouillir, fuir[表32], assaillir[表33], faillir[表34] 　去掉字尾 -ir · rire[表50], suffire[表75], 去掉字尾 -ire · suivre[表73], 去掉字尾 -re	-i	dormi

7

III.

Radical	Terminaison	Ex. : asseoir[表36]
acquérir[表29] → acqu- asseoir[表36] → ass- surseoir[表36] → surs- prendre[表51] → pr- mettre[表52] → m-	-is	assis

IV.

Radical	Terminaison	Ex. : conduire[表57]
・faire[表53], conduire[表57], écrire[表58] 　traire[表66], dire[表70], 去掉字尾 -re ・peindre[表62], joindre[表63], 　plaindre[表64], 去掉字尾 -dre	-t	conduit

特例

être → été　　avoir → eu　　offrir[24] → offert
mourir → mort　naître[68] → né　clore[78] → clos

此外，表中另有複合過去分詞：助動詞 avoir 或 être 的現在分詞＋過去分詞

四、直陳式未完成過去時（Imparfait de l'indicatif）的組成

Radical	Terminaison		Ex. : acheter[表7]
去掉直陳式現在時第一人稱 複數（nous）字尾 -ons （例外：être 的字根為 ét-）	je tu il nous vous ils	-ais -ais -ait -ions -iez -aient	achet ais achet ais achet ait achet ions achet iez achet aient

五、直陳式簡單未來時（Futur simple de l'indicatif）的組成

Radical	Terminaison	Ex. : lire[表69]
・第一組（envoyer[表14] 除外）、第二組以及第三組多數以 -ir 結尾的原形動詞（少數動詞因發音關係產生的變化：appeler[表6] → appeller-, acheter[表7] → achèter-, achever[表8] → achèver-, nettoyer[表12] → nettoier-, payer[表13] → paier-） ・第三組的原形動詞以 -e 結尾去掉 e	je -ai tu -as il -a nous -ons vous -ez ils -ont	lir ai lir as lir a lir ons lir ez lir ont

其它特殊字根變化：

être	**ser-**	recevoir[表38]	**recevr-**
avoir	**aur-**	pleuvoir[表39]	**pleuvr-**
envoyer[表14]	**enverr-**	falloir	**faudr-**
aller	**ir-**	valoir[表41]	**vaudr-**
courir[表21]	**courr-**	vouloir	**voudr-**
tenir[表22]	**tiendr-**	pouvoir	**pourr-**
mourir	**mourr-**	devoir	**devr-**
acquérir[表29]	**acquerr-**	savoir	**saur-**
cueillir[表30]	**cueiller-**	mouvoir[表47]	**mouvr-**
faillir[表35]	**faudr-**（罕用）	voir[表48]	**verr-**
asseoir[表36, 表37]	**assiér-** *ou* **assoir-**	faire[表53]	**fer-**

六、條件式現在時（Conditionnel présent）的組成

Radical	Terminaison	Ex. : savoir
直陳式簡單未來時的字根	je -ais tu -ais il -ait nous -ions vous -iez ils -ont	saur ais saur ais saur ait saur ions saur iez saur aient

七、虛擬式現在時（Subjonctif présent）的組成

虛擬式現在時的字尾變化一致，字根為去掉直陳式現在時第三人稱複數（ils）字尾 -ent 所剩字母，但和直陳式現在時一樣，某些動詞第一、二人稱複數和其他四種人稱單複數的字根不同，此外還有些特殊字根，變化如下：

Radical	Terminaison	Ex.
發音原因造成第一、二人稱複數和其他四種人稱單複數不同： ・子音重複，如：appeler[表6] ・啞音 e、閉口音 é 和開口音 è 之間的變化，如：acheter[表7], achever[表8], révéler[表9], protéger[表15]	je　　-e tu　　-es il　　-e nous　-ions vous　-iez ils　　-ent	achèv e achèv es achèv e achev ions achev iez achèv ent
・nettoyer[表12], payer[表13], envoyer[表14] 的字根，如果 y 後接啞音 e，須將 y 改寫為 i ・第三組動詞 fuir[表32], pourvoir, voir[表48], surseoir, croire[表56], traire[表66] 的字根變化如前⑤		fui e fui es fui e fuy ions fuy iez fui ent
其它直陳式現在時第一、二人稱複數和其他四種人稱單複數不同的動詞，其虛擬式現在時也不同，如：tenir[表22], mourir, acquérir[表29], recevoir[表38], devoir, mouvoir[表47], prendre[表51], boire		reçoiv e reçoiv es reçoiv e recev ions recev iez reçoiv ent

⑤ 最簡單的記法是這些字根以 -y 或 -i 結尾的動詞，在第一、二人稱複數處為 -y，其他為 -i。沒有變化的動詞反而是少數，只有 apprécier[表17]、rire[表50]

Radical	Terminaison	Ex.
特殊字根，如： aller → aill-, all- falloir → faill- valoir 表41 → vaill-, val- vouloir → veuill-, voul- pouvoir → puiss- savoir → sach- faire 表53 → fass-		veuill e veuill es veuill e voul ions voul iez veuill ent

特例

être

que je sois	que tu sois	qu'il soit
que nous soyons	que vous soyez	qu'ils soient

avoir

que j'aie	que tu aies	qu'il ait
que nous ayons	que vous ayez	qu'ils aient

八、直陳式簡單過去時（Passé simple de l'indicatif）的組成

簡單過去時字根變化複雜，無規則可循，依據字尾可分為三類：

I.

Radical	Terminaison		Ex. : aller
第一組動詞以及 aller，去掉原形字尾 -er	je tu il nous vous ils	-ai -as -a -âmes -âtes -èrent	all ai all as all a all âmes all âtes all èrent

II. 第二組動詞去掉原形字尾 -ir 即為字根，字尾只有一類：-i；
第三組動詞除 tenir[表22] 為特殊變化外，字尾有兩類：-i, -u，其大部分簡單過去時變化可參考過去分詞，少數特例如下：

Radical	Terminaison		Ex. : conduire[表57]
• offrir[表24], vêtir[表27], conduire[表57], écrire[表58], coudre[表59], rendre[表60], battre[表61], peindre[表62], joindre[表63], plaindre[表64], vaincre[表65]，去掉直陳式現在時第三人稱複數 (ils) 字尾 -ent • 特殊字根：voir[表48] → v-, faire[表53] → f-, naître[表68] → naqu-	je tu il nous vous ils	-is -is -it -îmes -îtes -irent	conduis is conduis is conduis is conduis îmes conduis îtes conduis irent

III.

Radical	Terminaison		Ex.：être
特殊字根：être → f-, avoir → e-, mourir → mour-	je tu il nous vous ils	-us -us -ut -ûmes -ûtes -urent	f us f us f ut f ûmes f ûtes f urent

特例

tenir [表22]

je tins	tu tins	il tint
nous tînmes	vous tîntes	ils tinrent

九、虛擬式未完成過去時（Imparfait du subjonctif）的組成

Radical	Terminaison		Ex.：finir [表18]
參考直陳式簡單過去時	je tu il nous vous ils	-sse -sses ^ + -t -ssions -ssiez -ssent	fini sse [6] fini sses finî t fini ssions fini ssiez fini ssent

[6] 第二組動詞的虛擬式現在時和虛擬式未完成過去時，除第三人稱單數之外都一樣。

Cahier

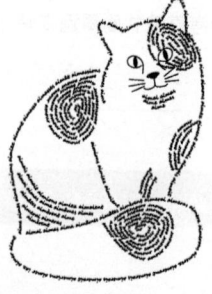

次要時態變化

一、直陳式複合過去時（Passé composé de l'indicatif）的組成

助動詞 avoir 或 être 直陳式現在時＋過去分詞
Ex. : J'ai lu trois fois ce livre.

二、直陳式愈過去時（Plus-que-parfait de l'indicatif）的組成

助動詞 avoir 或 être 未完成過去時＋過去分詞
Ex. : Quand Alice est arrivée à la gare, le train était parti.

三、直陳式先過去時（Passé antérieur de l'indicatif）的組成

助動詞 avoir 或 être 簡單過去時＋過去分詞
Ex. : Dés qu'il eut fini ses devoirs, il les montra au professeur.

四、直陳式先未來時（Futur antérieur de l'indicatif）的組成

助動詞 avoir 或 être 簡單未來時＋過去分詞
Ex. : Demain matin, je serai arrivé à Paris.

五、命令式（Impératif）的組成

命令式只出現在三個人稱：第一人稱複數（nous）以及第二人稱單數（tu）、複數（vous）
I. 現在時：動詞變化和直陳式現在時相同，少數動詞的命令式借用虛擬式現在時：
être → sois, soyons, soyez
avoir → aie, ayons, ayez
vouloir → veux（*ou* veuille）, voulons, veulez（*ou* veuillez）
savoir → sache, sachons, sachez

注意：
直陳式現在時第二人稱單數以 -es 結尾的動詞（包括第一組動詞和 offrir[表24]、cueillir[表30], assaillir[表33]），命令式現在時必須去掉字尾 -s。
此外，Tu vas → Va !

II. 過去時：助動詞 avoir 或 être 命令式現在時＋過去分詞

六、條件式過去時（Conditionnel passé）的組成

過去時第一式：助動詞 avoir 或 être 條件式現在時＋過去分詞
Ex. : J'aurais dû travailler plus.
過去時第二式：同於虛擬式愈過去時

七、虛擬式過去時（Subjonctif passé）的組成

助動詞 avoir 或 être 的虛擬式現在時＋過去分詞
Ex. : Ça m'a étonné que tu sois rentré si tôt.

八、虛擬式愈過去時（Plus-que-parfait du subjonctif）的組成

助動詞 avoir 或 être 的虛擬式未完成過去時＋過去分詞
Ex. : Je ne pensais pas qu'il eût rendu ses devoirs à l'heure.

九、不定式（Infinitif）的組成

1. 現在時：原形動詞
2. 過去時：助動詞 avoir 或 être 的不定式現在時＋過去分詞

其他時態變化

一、直陳式最近未來時（Futur immédiat）的組成

助動詞 aller 的直陳式現在時＋原形動詞
Ex. : L'avion va bientôt décoller.

二、直陳式最近過去時（Passé immédiat）的組成

助動詞 venir 的直陳式現在時＋de＋原形動詞
Ex. : Ils viennent de se marier.

三、直陳式過去中的最近未來時（Futur immédiat dans le passé）的組成

助動詞 aller 的直陳式未完成過去時＋原形動詞
Ex. : Marcel n'avait pas compris que nous allions rentrer à pied.

四、直陳式過去中的最近過去時（Passé immédiat dans le passé）的組成

助動詞 venir 的直陳式未完成過去時＋de＋原形動詞
Ex. : Je venais de reposer le téléphone, quand on a sonné à la porte.

五、直陳式過去中的未來時（Futur dans le passé）的組成

動詞變化與條件式現在時相同
Ex. : Il a déclaré qu'il viendrait avec nous.

六、直陳式過去中的先未來時
   （Futur antérieur dans le passé）的組成

動詞變化與條件式過去時第一式相同
Ex. : J'aurais aimé que tu fermes la fenêtre avant de partir.

七、直陳式超複合過去時（Passé surcomposé）的組成

助動詞 avoir 或 être 的複合過去時＋過去分詞
Ex. : Quand j'ai eu fermé la porte, je me suis aperçu d'avoir oublié les clés.

八、直陳式超複合愈過去時（Plus-que-parfait surcomposé）的組成

助動詞 avoir 或 être 的直陳式愈過去時＋過去分詞
Ex. : À peine l'aurais-je eu quitté qu'il avait appelé la police.

九、直陳式超複合先未來時（Futur antérieur surcomposé）的組成

助動詞 avoir 或 être 的先未來時＋過去分詞
Ex. : Il aura eu dit.

十、條件式超複合過去時
（Passé surcomposé du conditionnel）的組成

助動詞 avoir 或 être 的條件式過去時第一式＋過去分詞
Ex. : Il aurait eu dit.

十一、虛擬式超複合過去時
（Passé surcomposé du subjonctif）的組成

助動詞 avoir 或 être 的虛擬式過去時＋過去分詞
Ex. : que j'aie eu dit

十二、分詞式超複合過去時
（Passé surcomposé du participe）的組成

助動詞 avoir 或 être 的複合過去分詞＋過去分詞
Ex. : ayant eu dit

十三、不定式超複合過去時
（Passé surcomposé de l'infinitif）的組成

助動詞 avoir 或 être 的不定式過去時＋過去分詞
Ex. : avoir eu dit.

Devoir

INDICATIF

Présent

je	dois
tu	dois
il	doit
nous	devons
vous	devez
ils	doivent

Passé composé

j'	ai	dû
tu	as	dû
il	a	dû
nous	avons	dû
vous	avez	dû
ils	ont	dû

Imparfait

je	devais
tu	devais
il	devait
nous	devions
vous	deviez
ils	devaient

Plus-que-parfait

j'	avais	dû
tu	avais	dû
il	avait	dû
nous	avions	dû
vous	aviez	dû
ils	avaient	dû

Passé simple

je	dus
tu	dus
il	dut
nous	dûmes
vous	dûtes
ils	durent

Passé antérieur

j'	eus	dû
tu	eus	dû
il	eut	dû
nous	eûmes	dû
vous	eûtes	dû
ils	eurent	dû

Futur simple

je	devrai
tu	devras
il	devra
nous	devrons
vous	devrez
ils	devront

Futur antérieur

j'	aurai	dû
tu	auras	dû
il	aura	dû
nous	aurons	dû
vous	aurez	dû
ils	auront	dû

SUBJONCTIF

Présent

que je	doive
que tu	doives
qu'il	doive
que nous	devions
que vous	deviez
qu'ils	doivent

Imparfait

que je	dusse
que tu	dusses
qu'il	dût
que nous	dussions
que vous	dussiez
qu'ils	dussent

Passé

que j'	aie	dû
que tu	aies	dû
qu'il	ait	dû
que nous	ayons	dû
que vous	ayez	dû
qu'ils	aient	dû

Plus-que-parfait

que j'	eusse	dû
que tu	eusses	dû
qu'il	eût	dû
que nous	eussions	dû
que vous	eussiez	dû
qu'ils	eussent	dû

CONDITIONNEL

Présent

je	devrais
tu	devrais
il	devrait
nous	devrions
vous	devriez
ils	devraient

Passé 1re forme

j'	aurais	dû
tu	aurais	dû
il	aurait	dû
nous	aurions	dû
vous	auriez	dû
ils	auraient	dû

Passé 2e forme

j'	eusse	dû
tu	eusses	dû
il	eût	dû
nous	eussions	dû
vous	eussiez	dû
ils	eussent	dû

PARTICIPE

Présent	Passé
devant	dû
	ayant dû

INFINITIF

Présent	Passé
devoir	avoir dû

IMPERATIF

Présent | Passé

dois	aie	dû
devons	ayons	dû
devez	ayez	dû

法語動詞變化表
Tableaux de Conjugaison

Subjonctif présent

Présent de l'indicatif
Participe présent
Participe passé
Imparfait de l'indicatif

1	être			42	vouloir	65	vaincre
2	avoir			43	pourvoir	66	traire
3	être aimé	**Verbes en -ir**		44	pouvoir	67	plaire
4	se trouver	21	courir	45	devoir	68	naître
		22	tenir	46	savoir	69	lire
Groupe I		23	dormir	47	mouvoir	70	dire
5	donner	24	offrir	48	voir	71	conclure
6	appeler	25	servir	49	surseoir	72	moudre
7	acheter	26	sentir			73	suivre
8	achever	27	vêtir	**Verbes en -re**		74	vivre
9	révéler	28	mourir			75	suffire
10	manger	29	acquérir	50	rire	76	croître
11	placer	30	cueillir	51	prendre	77	résoudre
12	nettoyer	31	bouillir	52	mettre		
13	payer	32	fuir	53	faire		
14	envoyer	33	assaillir	54	boire	**Verbes peu usités**	
15	protéger	34	faillir	55	connaître		
16	créer	35		56	croire	78	clore
17	apprécier			57	conduire	79	seoir
		Verbes en -oir		58	écrire	80	choir
Groupe II		36		59	coudre	81	échoir
18	finir	37	asseoir	60	rendre	82	déchoir
19	haïr	38	recevoir	61	battre	83	ouïr
		39	pleuvoir	62	peindre	84	gésir
Groupe III		40	falloir	63	joindre	85	paître
20	aller	41	valoir	64	plaindre		

* 表中特殊變化部分以紅字標注

* 表中字根和字尾有一空白做為區分，方便讀者記憶。但請注意發音，如 créer [kree] 表中，je créer ai [krere]，e 不發音，希望讀者不要被空白誤導

Etre

表1

直陳式

現在時

je	suis
tu	es
il	est
nous	sommes
vous	êtes
ils	sont

未完成過去時

j'	ét	ais
tu	ét	ais
il	ét	ait
nous	ét	ions
vous	ét	iez
ils	ét	aient

簡單過去時

je	f	us
tu	f	us
il	f	ut
nous	f	ûmes
vous	f	ûtes
ils	f	urent

簡單未來時

je	ser	ai
tu	ser	as
il	ser	a
nous	ser	ons
vous	ser	ez
ils	ser	ont

複合過去時

j'	ai	été
tu	as	été
il	a	été
nous	avons	été
vous	avez	été
ils	ont	été

愈過去時

j'	avais	été
tu	avais	été
il	avait	été
nous	avions	été
vous	aviez	été
ils	avaient	été

先過去時

j'	eus	été
tu	eus	été
il	eut	été
nous	eûmes	été
vous	eûtes	été
ils	eurent	été

先未來時

j'	aurai	été
tu	auras	été
il	aura	été
nous	aurons	été
vous	aurez	été
ils	auront	été

虛擬式

現在時

que je	sois	
que tu	sois	
qu'il	soit	
que nous	soyons	
que vous	soyez	
qu'ils	soient	

未完成過去時

que je	fu	sse
que tu	fu	sses
qu'il	fû	t
que nous	fu	ssions
que vous	fu	ssiez
qu'ils	fu	ssent

過去時

que j'	aie	été
que tu	aies	été
qu'il	ait	été
que nous	ayons	été
que vous	ayez	été
qu'ils	aient	été

愈過去時

que j'	eusse	été
que tu	eusses	été
qu'il	eût	été
que nous	eussions	été
que vous	eussiez	été
qu'ils	eussent	été

條件式

現在時

je	ser	ais
tu	ser	ais
il	ser	ait
nous	ser	ions
vous	ser	iez
ils	ser	aient

過去時第一式

j'	aurais	été
tu	aurais	été
il	aurait	été
nous	aurions	été
vous	auriez	été
ils	auraient	été

過去時第二式

j'	eusse	été
tu	eusses	été
il	eût	été
nous	eussions	été
vous	eussiez	été
ils	eussent	été

分詞式

現在時	過去時
étant	été
	ayant été

不定式

現在時	過去時
être	avoir été

命令式

現在時	過去時	
sois	aie	été
soyons	ayons	été
soyez	ayez	été

Avoir

INDICATIF

Présent

j'	ai
tu	as
il	a
nous	av ons
vous	av ez
ils	ont

Passé composé

j'	ai	eu
tu	as	eu
il	a	eu
nous	avons	eu
vous	avez	eu
ils	ont	eu

Imparfait

j'	av ais
tu	av ais
il	av ait
nous	av ions
vous	av iez
ils	av aient

Plus-que-parfait

j'	avais	eu
tu	avais	eu
il	avait	eu
nous	avions	eu
vous	aviez	eu
ils	avaient	eu

Passé simple

j'	e	us
tu	e	us
il	e	ut
nous	e	ûmes
vous	e	ûtes
ils	e	urent

Passé antérieur

j'	eus	eu
tu	eus	eu
il	eut	eu
nous	eûmes	eu
vous	eûtes	eu
ils	eurent	eu

Futur simple

j'	aur	ai
tu	aur	as
il	aur	a
nous	aur	ons
vous	aur	ez
ils	aur	ont

Futur antérieur

j'	aurai	eu
tu	auras	eu
il	aura	eu
nous	aurons	eu
vous	aurez	eu
ils	auront	eu

SUBJONCTIF

Présent

que j'	aie
que tu	aies
qu'il	ait
que nous	ayons
que vous	ayez
qu'ils	aient

Imparfait

que j'	eu	sse
que tu	eu	sses
qu'il	eû	t
que nous	eu	ssions
que vous	eu	ssiez
qu'ils	eu	ssent

Passé

que j'	aie	eu
que tu	aies	eu
qu'il	ait	eu
que nous	ayons	eu
que vous	ayez	eu
qu'ils	aient	eu

Plus-que-parfait

que j'	eusse	eu
que tu	eusses	eu
qu'il	eût	eu
que nous	eussions	eu
que vous	eussiez	eu
qu'ils	eussent	eu

CONDITIONNEL

Présent

j'	aur	ais
tu	aur	ais
il	aur	ait
nous	aur	ions
vous	aur	iez
ils	aur	aient

Passé 1re forme

j'	aurais	eu
tu	aurais	eu
il	aurait	eu
nous	aurions	eu
vous	auriez	eu
ils	auraient	eu

Passé 2e forme

j'	eusse	eu
tu	eusses	eu
il	eût	eu
nous	eussions	eu
vous	eussiez	eu
ils	eussent	eu

PARTICIPE

Présent	Passé
ayant	eu
	ayant eu

INFINITIF

Présent	Passé
avoir	avoir eu

IMPERATIF

Présent	Passé	
aie	aie	eu
ayons	ayons	eu
ayez	ayez	eu

Etre aimé _{Voix passive}

INDICATIF

Présent

je	suis	aimé
tu	es	aimé
il	est	aimé
nous	sommes	aimés
vous	êtes	aimés
ils	sont	aimés

Imparfait

j'	étais	aimé
tu	étais	aimé
il	était	aimé
nous	étions	aimés
vous	étiez	aimés
ils	étaient	aimés

Passé simple

je	fus	aimé
tu	fus	aimé
il	fut	aimé
nous	fûmes	aimés
vous	fûtes	aimés
ils	furent	aimés

Futur simple

je	serai	aimé
tu	seras	aimé
il	sera	aimé
nous	serons	aimés
vous	serez	aimés
ils	seront	aimés

Passé composé

j'	ai	été aimé
tu	as	été aimé
il	a	été aimé
nous	avons	été aimés
vous	avez	été aimés
ils	ont	été aimés

Plus-que-parfait

j'	avais	été aimé
tu	avais	été aimé
il	avait	été aimé
nous	avions	été aimés
vous	aviez	été aimés
ils	avaient	été aimés

Passé antérieur

j'	eus	été aimé
tu	eus	été aimé
il	eut	été aimé
nous	eûmes	été aimés
vous	eûtes	été aimés
ils	eurent	été aimés

Futur antérieur

j'	aurai	été aimé
tu	auras	été aimé
il	aura	été aimé
nous	aurons	été aimés
vous	aurez	été aimés
ils	auront	été aimés

SUBJONCTIF

Présent

que je	sois	aimé
que tu	sois	aimé
qu'il	soit	aimé
que nous	soyons	aimés
que vous	soyez	aimés
qu'ils	soient	aimés

Imparfait

que je	fusse	aimé
que tu	fusses	aimé
qu'il	fût	aimé
que nous	fussions	aimés
que vous	fussiez	aimés
qu'ils	fussent	aimés

Passé

que j'	aie	été aimé
que tu	aies	été aimé
qu'il	ait	été aimé
que nous	ayons	été aimés
que vous	ayez	été aimés
qu'ils	aient	été aimés

Plus-que-parfait

que j'	eusse	été aimé
que tu	eusses	été aimé
qu'il	eût	été aimé
que nous	eussions	été aimés
que vous	eussiez	été aimés
qu'ils	eussent	été aimés

CONDITIONNEL

Présent

je	serais	aimé
tu	serais	aimé
il	serait	aimé
nous	serions	aimés
vous	seriez	aimés
ils	seraient	aimés

Passé 1re forme

j'	aurais	été aimé
tu	aurais	été aimé
il	aurait	été aimé
nous	aurions	été aimés
vous	auriez	été aimés
ils	auraient	été aimés

Passé 2e forme

j'	eusse	été aimé
tu	eusses	été aimé
il	eût	été aimé
nous	eussions	été aimés
vous	eussiez	été aimés
ils	eussent	été aimés

PARTICIPE

Présent Passé

étant aimé aimé
         ayant été aimé

INFINITIF

Présent Passé

être aimé avoir été aimé

IMPERATIF

Présent

sois aimé
soyons aimés
soyez aimés

Se trouver Voix pronominale

表4

INDICATIF

Présent

je me	trouv e
tu te	trouv es
il se	trouv e
nous nous	trouv ons
vous vous	trouv ez
ils se	trouv ent

Passé composé

je me	suis	trouvé
tu te	es	trouvé
il se	est	trouvé
ns ns	sommes	trouvés
vs vs	êtes	trouvés
ils se	sont	trouvés

Imparfait

je me	trouv ais
tu te	trouv ais
il se	trouv ait
nous nous	trouv ions
vous vous	trouv iez
ils se	trouv aient

Plus-que-parfait

je me	étais	trouvé
tu te	étais	trouvé
il se	étais	trouvé
ns ns	étions	trouvés
vs vs	étiez	trouvés
ils se	étaient	trouvés

Passé simple

je me	trouv ai
tu te	trouv as
il se	trouv a
nous nous	trouv âmes
vous vous	trouv âtes
ils se	trouv èrent

Passé antérieur

je me	fus	trouvé
tu te	fus	trouvé
il se	fut	trouvé
ns ns	fûmes	trouvés
vs vs	fûtes	trouvés
ils se	furent	trouvés

Futur simple

je me	trouver ai
tu te	trouver as
il se	trouver a
nous nous	trouver ons
vous vous	trouver ez
ils se	trouver ont

Futur antérieur

je me	serai	trouvé
tu te	seras	trouvé
il se	sera	trouvé
ns ns	serons	trouvés
vs vs	serez	trouvés
ils se	seront	trouvés

SUBJONCTIF

Présent

que je me	trouv e
que tu te	trouv es
qu'il se	trouv e
que ns ns	trouv ions
que vs vs	trouv iez
qu'ils se	trouv ent

Imparfait

que je me	trouva sse
que tu te	trouva sses
qu'il se	trouvâ t
que ns ns	trouva ssions
que vs vs	trouva ssiez
qu'ils se	trouva ssent

Passé

que je me	sois	trouvé
que tu te	sois	trouvé
qu'il se	soit	trouvé
que ns ns	soyons	trouvés
que vs vs	soyez	trouvés
qu'ils se	soient	trouvés

Plus-que-parfait

que je me	fusse	trouvé
que tu te	fusses	trouvé
qu'il se	fût	trouvé
que ns ns	fussions	trouvés
que vs vs	fussiez	trouvés
qu'ils se	fussent	trouvés

CONDITIONNEL

Présent

je me	trouver ais
tu te	trouver ais
il se	trouver ait
nous nous	trouver ions
vous vous	trouver iez
ils se	trouver aient

Passé 1re forme

je me	serais	trouvé
tu te	serais	trouvé
il se	serait	trouvé
ns ns	serions	trouvés
vs vs	seriez	trouvés
ils se	seraient	trouvés

Passé 2e forme

je me	fusse	trouvé
tu te	fusses	trouvé
il se	fût	trouvé
ns ns	fussions	trouvés
vs vs	fussiez	trouvés
ils se	fussent	trouvés

PARTICIPE

Présent **Passé**

se trouvant   s'étant trouvé

INFINITIF

Présent **Passé**

se trouver   s'être trouvé

IMPERATIF

Présent

trouve-toi
trouvons-nous
trouvez-vous

Donner

Groupe I

INDICATIF

Présent

je	donn e
tu	donn es
il	donn e
nous	donn ons
vous	donn ez
ils	donn ent

Imparfait

je	donn ais
tu	donn ais
il	donn ait
nous	donn ions
vous	donn iez
ils	donn aient

Passé simple

je	donn ai
tu	donn as
il	donn a
nous	donn âmes
vous	donn âtes
ils	donn èrent

Futur simple

je	donner ai
tu	donner as
il	donner a
nous	donner ons
vous	donner ez
ils	donner ont

Passé composé

j'	ai	donné
tu	as	donné
il	a	donné
nous	avons	donné
vous	avez	donné
ils	ont	donné

Plus-que-parfait

j'	avais	donné
tu	avais	donné
il	avait	donné
nous	avions	donné
vous	aviez	donné
ils	avaient	donné

Passé antérieur

j'	eus	donné
tu	eus	donné
il	eut	donné
nous	eûmes	donné
vous	eûtes	donné
ils	eurent	donné

Futur antérieur

j'	aurai	donné
tu	auras	donné
il	aura	donné
nous	aurons	donné
vous	aurez	donné
ils	auront	donné

SUBJONCTIF

Présent

que je	donn e
que tu	donn es
qu'il	donn e
que nous	donn ions
que vous	donn iez
qu'ils	donn ent

Imparfait

que je	donna sse
que tu	donna sses
qu'il	donnâ t
que nous	donna ssions
que vous	donna ssiez
qu'ils	donna ssent

Passé

que j'	aie	donné
que tu	aies	donné
qu'il	ait	donné
que nous	ayons	donné
que vous	ayez	donné
qu'ils	aient	donné

Plus-que-parfait

que j'	eusse	donné
que tu	eusses	donné
qu'il	eût	donné
que nous	eussions	donné
que vous	eussiez	donné
qu'ils	eussent	donné

CONDITIONNEL

Présent

je	donner ais
tu	donner ais
il	donner ait
nous	donner ions
vous	donner iez
ils	donner aient

Passé 1re forme

j'	aurais	donné
tu	aurais	donné
il	aurait	donné
nous	aurions	donné
vous	auriez	donné
ils	auraient	donné

Passé 2e forme

j'	eusse	donné
tu	eusses	donné
il	eût	donné
nous	eussions	donné
vous	eussiez	donné
ils	eussent	donné

PARTICIPE

Présent | Passé

donnant	donné
	ayant donné

INFINITIF

Présent | Passé

donner	avoir donné

IMPERATIF

Présent | Passé

donne	aie	donné
donnons	ayons	donné
donnez	ayez	donné

Appeler

以 -eler, -eter 結尾的一些動詞，如果 l, t 後接啞音 e 因發音關係，須將啞音 e 前的子音重複

表 6

INDICATIF

Présent

j'	appell e
tu	appell es
il	appell e
nous	appel ons
vous	appel ez
ils	appell ent

Imparfait

j'	appel ais
tu	appel ais
il	appel ait
nous	appel ions
vous	appel iez
ils	appel aient

Passé simple

j'	appel ai
tu	appel as
il	appel a
nous	appel âmes
vous	appel âtes
ils	appel èrent

Futur simple

j'	appeller ai
tu	appeller as
il	appeller a
nous	appeller ons
vous	appeller ez
ils	appeller ont

Passé composé

j'	ai	appelé
tu	as	appelé
il	a	appelé
nous	avons	appelé
vous	avez	appelé
ils	ont	appelé

Plus-que-parfait

j'	avais	appelé
tu	avais	appelé
il	avait	appelé
nous	avions	appelé
vous	aviez	appelé
ils	avaient	appelé

Passé antérieur

j'	eus	appelé
tu	eus	appelé
il	eut	appelé
nous	eûmes	appelé
vous	eûtes	appelé
ils	eurent	appelé

Futur antérieur

j'	aurai	appelé
tu	auras	appelé
il	aura	appelé
nous	aurons	appelé
vous	aurez	appelé
ils	auront	appelé

SUBJONCTIF

Présent

que j'	appell e
que tu	appell es
qu'il	appell e
que nous	appel ions
que vous	appel iez
qu'ils	appell ent

Imparfait

que j'	appela sse
que tu	appela sses
qu'il	appelâ t
que nous	appela ssions
que vous	appela ssiez
qu'ils	appela ssent

Passé

que j'	aie	appelé
que tu	aies	appelé
qu'il	ait	appelé
que nous	ayons	appelé
que vous	ayez	appelé
qu'ils	aient	appelé

Plus-que-parfait

que j'	eusse	appelé
que tu	eusses	appelé
qu'il	eût	appelé
que nous	eussions	appelé
que vous	eussiez	appelé
qu'ils	eussent	appelé

CONDITIONNEL

Présent

j'	appeller ais
tu	appeller ais
il	appeller ait
nous	appeller ions
vous	appeller iez
ils	appeller aient

Passé 1re forme

j'	aurais	appelé
tu	aurais	appelé
il	aurait	appelé
nous	aurions	appelé
vous	auriez	appelé
ils	auraient	appelé

Passé 2e forme

j'	eusse	appelé
tu	eusses	appelé
il	eût	appelé
nous	eussions	appelé
vous	eussiez	appelé
ils	eussent	appelé

PARTICIPE

Présent
appelant

Passé
appelé
ayant appelé

INFINITIF

Présent
appeler

Passé
avoir appelé

IMPERATIF

Présent
appelle
appelons
appelez

Passé
aie appelé
ayons appelé
ayez appelé

Acheter

以 -eler, -eter 結尾的另一些動詞，如果子音後接啞音 e 因發音關係，須將子音前的 e 改成開口音 è（與表 8 相同） 表 7

INDICATIF

Présent

j'	achèt e
tu	achèt es
il	achèt e
nous	achet ons
vous	achet ez
ils	achèt ent

Passé composé

j'	ai	acheté
tu	as	acheté
il	a	acheté
nous	avons	acheté
vous	avez	acheté
ils	ont	acheté

Imparfait

j'	achet ais
tu	achet ais
il	achet ait
nous	achet ions
vous	achet iez
ils	achet aient

Plus-que-parfait

j'	avais	acheté
tu	avais	acheté
il	avait	acheté
nous	avions	acheté
vous	aviez	acheté
ils	avaient	acheté

Passé simple

j'	achet ai
tu	achet as
il	achet a
nous	achet âmes
vous	achet âtes
ils	achet èrent

Passé antérieur

j'	eus	acheté
tu	eus	acheté
il	eut	acheté
nous	eûmes	acheté
vous	eûtes	acheté
ils	eurent	acheté

Futur simple

j'	achèter ai
tu	achèter as
il	achèter a
nous	achèter ons
vous	achèter ez
ils	achèter ont

Futur antérieur

j'	aurai	acheté
tu	auras	acheté
il	aura	acheté
nous	aurons	acheté
vous	aurez	acheté
ils	auront	acheté

SUBJONCTIF

Présent

que j'	achèt e
que tu	achèt es
qu'il	achèt e
que nous	achet ions
que vous	achet iez
qu'ils	achèt ent

Imparfait

que j'	acheta sse
que tu	acheta sses
qu'il	achetâ t
que nous	acheta ssions
que vous	acheta ssiez
qu'ils	acheta ssent

Passé

que j'	aie	acheté
que tu	aies	acheté
qu'il	ait	acheté
que nous	ayons	acheté
que vous	ayez	acheté
qu'ils	aient	acheté

Plus-que-parfait

que j'	eusse	acheté
que tu	eusses	acheté
qu'il	eût	acheté
que nous	eussions	acheté
que vous	eussiez	acheté
qu'ils	eussent	acheté

CONDITIONNEL

Présent

j'	achèter ais
tu	achèter ais
il	achèter ait
nous	achèter ions
vous	achèter iez
ils	achèter aient

Passé 1re forme

j'	aurais	acheté
tu	aurais	acheté
il	aurait	acheté
nous	aurions	acheté
vous	auriez	acheté
ils	auraient	acheté

Passé 2e forme

j'	eusse	acheté
tu	eusses	acheté
il	eût	acheté
nous	eussions	acheté
vous	eussiez	acheté
ils	eussent	acheté

PARTICIPE

Présent	Passé
achetant	acheté
	ayant acheté

INFINITIF

Présent	Passé
acheter	avoir acheté

IMPERATIF

Présent	Passé	
achète	aie	acheté
achetons	ayons	acheté
achetez	ayez	acheté

Achever

以 -e+ 子音 +er 結尾的動詞，如果子音後接啞音 e 因發音關係，須將子音前的 e 改成開口音 è

表8

INDICATIF

Présent

j'	achèv e
tu	achèv es
il	achèv e
nous	achev ons
vous	achev ez
ils	achèv ent

Passé composé

j'	ai	achevé
tu	as	achevé
il	a	achevé
nous	avons	achevé
vous	avez	achevé
ils	ont	achevé

Imparfait

j'	achev ais
tu	achev ais
il	achev ait
nous	achev ions
vous	achev iez
ils	achev aient

Plus-que-parfait

j'	avais	achevé
tu	avais	achevé
il	avait	achevé
nous	avions	achevé
vous	aviez	achevé
ils	avaient	achevé

Passé simple

j'	achev ai
tu	achev as
il	achev a
nous	achev âmes
vous	achev âtes
ils	achev èrent

Passé antérieur

j'	eus	achevé
tu	eus	achevé
il	eut	achevé
nous	eûmes	achevé
vous	eûtes	achevé
ils	eurent	achevé

Futur simple

j'	achèver ai
tu	achèver as
il	achèver a
nous	achèver ons
vous	achèver ez
ils	achèver ont

Futur antérieur

j'	aurai	achevé
tu	auras	achevé
il	aura	achevé
nous	aurons	achevé
vous	aurez	achevé
ils	auront	achevé

SUBJONCTIF

Présent

que j'	achèv	e
que tu	achèv	es
qu'il	achèv	e
que nous	achev	ions
que vous	achev	iez
qu'ils	achèv	ent

Imparfait

que j'	acheva sse
que tu	acheva sses
qu'il	achevâ t
que nous	acheva ssions
que vous	acheva ssiez
qu'ils	acheva ssent

Passé

que j'	aie	achevé
que tu	aies	achevé
qu'il	ait	achevé
que nous	ayons	achevé
que vous	ayez	achevé
qu'ils	aient	achevé

Plus-que-parfait

que j'	eusse	achevé
que tu	eusses	achevé
qu'il	eût	achevé
que nous	eussions	achevé
que vous	eussiez	achevé
qu'ils	eussent	achevé

CONDITIONNEL

Présent

j'	achèver ais
tu	achèver ais
il	achèver ait
nous	achèver ions
vous	achèver iez
ils	achèver aient

Passé 1re forme

j'	aurais	achevé
tu	aurais	achevé
il	aurait	achevé
nous	aurions	achevé
vous	auriez	achevé
ils	auraient	achevé

Passé 2e forme

j'	eusse	achevé
tu	eusses	achevé
il	eût	achevé
nous	eussions	achevé
vous	eussiez	achevé
ils	eussent	achevé

PARTICIPE

Présent | **Passé**

achevant | achevé
 | ayant achevé

INFINITIF

Présent | **Passé**

achever | avoir achevé

IMPERATIF

Présent | **Passé**

achève | aie achevé
achevons | ayons achevé
achevez | ayez achevé

Révéler

以 -é+ 子音 +er 結尾的動詞，如果子音後接啞音 e，須將子音前的閉口音 é 改成開口音 è，但簡單未來時與條件現在時不變　表9

INDICATIF

Présent
je	révèl e
tu	révèl es
il	révèl e
nous	révél ons
vous	révél ez
ils	révèl ent

Imparfait
je	révél ais
tu	révél ais
il	révél ait
nous	révél ions
vous	révél iez
ils	révél aient

Passé simple
je	révél ai
tu	révél as
il	révél a
nous	révél âmes
vous	révél âtes
ils	révél èrent

Futur simple
je	révéler ai
tu	révéler as
il	révéler a
nous	révéler ons
vous	révéler ez
ils	révéler ont

Passé composé
j'	ai	révélé
tu	as	révélé
il	a	révélé
nous	avons	révélé
vous	avez	révélé
ils	ont	révélé

Plus-que-parfait
j'	avais	révélé
tu	avais	révélé
il	avait	révélé
nous	avions	révélé
vous	aviez	révélé
ils	avaient	révélé

Passé antérieur
j'	eus	révélé
tu	eus	révélé
il	eut	révélé
nous	eûmes	révélé
vous	eûtes	révélé
ils	eurent	révélé

Futur antérieur
j'	aurai	révélé
tu	auras	révélé
il	aura	révélé
nous	aurons	révélé
vous	aurez	révélé
ils	auront	révélé

SUBJONCTIF

Présent
que je	révèl e
que tu	révèl es
qu'il	révèl e
que nous	révél ions
que vous	révél iez
qu'ils	révèl ent

Imparfait
que je	révéla sse
que tu	révéla sses
qu'il	révélâ t
que nous	révéla ssions
que vous	révéla ssiez
qu'ils	révéla ssent

Passé
que j'	aie	révélé
que tu	aies	révélé
qu'il	ait	révélé
que nous	ayons	révélé
que vous	ayez	révélé
qu'ils	aient	révélé

Plus-que-parfait
que j'	eusse	révélé
que tu	eusses	révélé
qu'il	eût	révélé
que nous	eussions	révélé
que vous	eussiez	révélé
qu'ils	eussent	révélé

CONDITIONNEL

Présent
je	révéler ais
tu	révéler ais
il	révéler ait
nous	révéler ions
vous	révéler iez
ils	révéler aient

Passé 1re forme
j'	aurais	révélé
tu	aurais	révélé
il	aurait	révélé
nous	aurions	révélé
vous	auriez	révélé
ils	auraient	révélé

Passé 2e forme
j'	eusse	révélé
tu	eusses	révélé
il	eût	révélé
nous	eussions	révélé
vous	eussiez	révélé
ils	eussent	révélé

PARTICIPE

Présent
révélant

Passé
révélé
ayant révélé

INFINITIF

Présent
révéler

Passé
avoir révélé

IMPERATIF

Présent
révèle
révélons
révélez

Passé
aie révélé
ayons révélé
ayez révélé

Manger

法語 g 後接母音 a, o, u 發 [g] 音；後接母音 e, i, y 發 [ʒ] 音 所以動詞變化時當 g 後接 a 或 o，要在 g 加個 e

表 10

INDICATIF

Présent
je	mang e
tu	mang es
il	mang e
nous	mange ons
vous	mang ez
ils	mang ent

Imparfait
je	mange ais
tu	mange ais
il	mange ait
nous	mang ions
vous	mang iez
ils	mange aient

Passé simple
je	mange ai
tu	mange as
il	mange a
nous	mange âmes
vous	mange âtes
ils	mang èrent

Futur simple
je	manger ai
tu	manger as
il	manger a
nous	manger ons
vous	manger ez
ils	manger ont

Passé composé
j'	ai	mangé
tu	as	mangé
il	a	mangé
nous	avons	mangé
vous	avez	mangé
ils	ont	mangé

Plus-que-parfait
j'	avais	mangé
tu	avais	mangé
il	avait	mangé
nous	avions	mangé
vous	aviez	mangé
ils	avaient	mangé

Passé antérieur
j'	eus	mangé
tu	eus	mangé
il	eut	mangé
nous	eûmes	mangé
vous	eûtes	mangé
ils	eurent	mangé

Futur antérieur
j'	aurai	mangé
tu	auras	mangé
il	aura	mangé
nous	aurons	mangé
vous	aurez	mangé
ils	auront	mangé

SUBJONCTIF

Présent
que je	mang e
que tu	mang es
qu'il	mang e
que nous	mang ions
que vous	mang iez
qu'ils	mang ent

Imparfait
que je	mangea sse
que tu	mangea sses
qu'il	mangeâ t
que nous	mangea ssions
que vous	mangea ssiez
qu'ils	mangea ssent

Passé
que j'	aie	mangé
que tu	aies	mangé
qu'il	ait	mangé
que nous	ayons	mangé
que vous	ayez	mangé
qu'ils	aient	mangé

Plus-que-parfait
que j'	eusse	mangé
que tu	eusses	mangé
qu'il	eût	mangé
que nous	eussions	mangé
que vous	eussiez	mangé
qu'ils	eussent	mangé

CONDITIONNEL

Présent
je	manger ais
tu	manger ais
il	manger ait
nous	manger ions
vous	manger iez
ils	manger aient

Passé 1re forme
j'	aurais	mangé
tu	aurais	mangé
il	aurait	mangé
nous	aurions	mangé
vous	auriez	mangé
ils	auraient	mangé

Passé 2e forme
j'	eusse	mangé
tu	eusses	mangé
il	eût	mangé
nous	eussions	mangé
vous	eussiez	mangé
ils	eussent	mangé

PARTICIPE

Présent Passé
mangeant mangé
          ayant mangé

INFINITIF

Présent Passé
manger avoir mangé

IMPERATIF

Présent Passé
mange	aie	mangé
mangeons	ayons	mangé
mangez	ayez	mangé

Placer

法語 c 後接母音 a, o, u 發 [k] 音；後接母音 e, i, y 發 [s] 音 所以動詞變化時當 c 後接 a 或 o，要把 c 改成 ç 表 11

INDICATIF

Présent
je	plac e
tu	plac es
il	plac e
nous	plaç ons
vous	plac ez
ils	plac ent

Imparfait
je	plaç ais
tu	plaç ais
il	plaç ait
nous	plac ions
vous	plac iez
ils	plaç aient

Passé simple
je	plaç ai
tu	plaç as
il	plaç a
nous	plaç âmes
vous	plaç âtes
ils	plac èrent

Futur simple
je	placer ai
tu	placer as
il	placer a
nous	placer ons
vous	placer ez
ils	placer ont

Passé composé
j'	ai	placé
tu	as	placé
il	a	placé
nous	avons	placé
vous	avez	placé
ils	ont	placé

Plus-que-parfait
j'	avais	placé
tu	avais	placé
il	avait	placé
nous	avions	placé
vous	aviez	placé
ils	avaient	placé

Passé antérieur
j'	eus	placé
tu	eus	placé
il	eut	placé
nous	eûmes	placé
vous	eûtes	placé
ils	eurent	placé

Futur antérieur
j'	aurai	placé
tu	auras	placé
il	aura	placé
nous	aurons	placé
vous	aurez	placé
ils	auront	placé

SUBJONCTIF

Présent
que je	plac e
que tu	plac es
qu'il	plac e
que nous	plac ions
que vous	plac iez
qu'ils	plac ent

Imparfait
que je	plaça sse
que tu	plaça sses
qu'il	plaçâ t
que nous	plaça ssions
que vous	plaça ssiez
qu'ils	plaça ssent

Passé
que j'	aie	placé
que tu	aies	placé
qu'il	ait	placé
que nous	ayons	placé
que vous	ayez	placé
qu'ils	aient	placé

Plus-que-parfait
que j'	eusse	placé
que tu	eusses	placé
qu'il	eût	placé
que nous	eussions	placé
que vous	eussiez	placé
qu'ils	eussent	placé

CONDITIONNEL

Présent
je	placer ais
tu	placer ais
il	placer ait
nous	placer ions
vous	placer iez
ils	placer aient

Passé 1re forme
j'	aurais	placé
tu	aurais	placé
il	aurait	placé
nous	aurions	placé
vous	auriez	placé
ils	auraient	placé

Passé 2e forme
j'	eusse	placé
tu	eusses	placé
il	eût	placé
nous	eussions	placé
vous	eussiez	placé
ils	eussent	placé

PARTICIPE

Présent	Passé
plaçant	placé
	ayant placé

INFINITIF

Présent	Passé
placer	avoir placé

IMPERATIF

Présent	Passé	
place	aie	placé
plaçons	ayons	placé
placez	ayez	placé

Nettoyer

以 -oyer, -uyer 結尾的動詞，如果 y 後接啞音 e，須將 y 改成 i　　表 12

INDICATIF

Présent

je	nettoi e
tu	nettoi es
il	nettoi e
nous	nettoy ons
vous	nettoy ez
ils	nettoi ent

Imparfait

je	nettoy ais
tu	nettoy ais
il	nettoy ait
nous	nettoy ions
vous	nettoy iez
ils	nettoy aient

Passé simple

je	nettoy ai
tu	nettoy as
il	nettoy a
nous	nettoy âmes
vous	nettoy âtes
ils	nettoy èrent

Futur simple

je	nettoier ai
tu	nettoier as
il	nettoier a
nous	nettoier ons
vous	nettoier ez
ils	nettoier ont

Passé composé

j'	ai	nettoyé
tu	as	nettoyé
il	a	nettoyé
nous	avons	nettoyé
vous	avez	nettoyé
ils	ont	nettoyé

Plus-que-parfait

j'	avais	nettoyé
tu	avais	nettoyé
il	avait	nettoyé
nous	avions	nettoyé
vous	aviez	nettoyé
ils	avaient	nettoyé

Passé antérieur

j'	eus	nettoyé
tu	eus	nettoyé
il	eut	nettoyé
nous	eûmes	nettoyé
vous	eûtes	nettoyé
ils	eurent	nettoyé

Futur antérieur

j'	aurai	nettoyé
tu	auras	nettoyé
il	aura	nettoyé
nous	aurons	nettoyé
vous	aurez	nettoyé
ils	auront	nettoyé

SUBJONCTIF

Présent

que je	nettoi e
que tu	nettoi es
qu'il	nettoi e
que nous	nettoy ions
que vous	nettoy iez
qu'ils	nettoi ent

Imparfait

que je	nettoya sse
que tu	nettoya sses
qu'il	nettoyâ t
que nous	nettoya ssions
que vous	nettoya ssiez
qu'ils	nettoya ssent

Passé

que j'	aie	nettoyé
que tu	aies	nettoyé
qu'il	ait	nettoyé
que nous	ayons	nettoyé
que vous	ayez	nettoyé
qu'ils	aient	nettoyé

Plus-que-parfait

que j'	eusse	nettoyé
que tu	eusses	nettoyé
qu'il	eût	nettoyé
que nous	eussions	nettoyé
que vous	eussiez	nettoyé
qu'ils	eussent	nettoyé

CONDITIONNEL

Présent*

je	nettoier ais
tu	nettoier ais
il	nettoier ait
nous	nettoier ions
vous	nettoier iez
ils	nettoier aient

Passé 1re forme

j'	aurais	nettoyé
tu	aurais	nettoyé
il	aurait	nettoyé
nous	aurions	nettoyé
vous	auriez	nettoyé
ils	auraient	nettoyé

Passé 2e forme

j'	eusse	nettoyé
tu	eusses	nettoyé
il	eût	nettoyé
nous	eussions	nettoyé
vous	eussiez	nettoyé
ils	eussent	nettoyé

PARTICIPE

Présent	Passé
nettoyant	nettoyé
	ayant nettoyé

INFINITIF

Présent	Passé
nettoyer	avoir nettoyé

IMPERATIF

Présent	Passé	
nettoie	aie	nettoyé
nettoyons	ayons	nettoyé
nettoyez	ayez	nettoyé

Payer

-ayer 結尾的動詞變化和前表相同，但 y 可以維持不變
je paie（常用），je paye（罕用）都行。有兩種變化的部分以 * 標記

表 13

INDICATIF

Présent*

je	pai e
tu	pai es
il	pai e
nous	pay ons
vous	pay ez
ils	pai ent

Passé composé

j'	ai	payé
tu	as	payé
il	a	payé
nous	avons	payé
vous	avez	payé
ils	ont	payé

SUBJONCTIF

Présent*

que je	pai	e
que tu	pai	es
qu'il	pai	e
que nous	pay	ions
que vous	pay	iez
qu'ils	pai	ent

Imparfait

je	pay ais
tu	pay ais
il	pay ait
nous	pay ions
vous	pay iez
ils	pay aient

Plus-que-parfait

j'	avais	payé
tu	avais	payé
il	avait	payé
nous	avions	payé
vous	aviez	payé
ils	avaient	payé

Imparfait

que je	paya sse
que tu	paya sses
qu'il	payâ t
que nous	paya ssions
que vous	paya ssiez
qu'ils	paya ssent

Passé simple

je	pay ai
tu	pay as
il	pay a
nous	pay âmes
vous	pay âtes
ils	pay èrent

Passé antérieur

j'	eus	payé
tu	eus	payé
il	eut	payé
nous	eûmes	payé
vous	eûtes	payé
ils	eurent	payé

Passé

que j'	aie	payé
que tu	aies	payé
qu'il	ait	payé
que nous	ayons	payé
que vous	ayez	payé
qu'ils	aient	payé

Futur simple*

je	paier ai
tu	paier as
il	paier a
nous	paier ons
vous	paier ez
ils	paier ont

Futur antérieur

j'	aurai	payé
tu	auras	payé
il	aura	payé
nous	aurons	payé
vous	aurez	payé
ils	auront	payé

Plus-que-parfait

que j'	eusse	payé
que tu	eusses	payé
qu'il	eût	payé
que nous	eussions	payé
que vous	eussiez	payé
qu'ils	eussent	payé

CONDITIONNEL

Présent

je	paier ais
tu	paier ais
il	paier ait
nous	paier ions
vous	paier iez
ils	paier aient

Passé 1re forme

j'	aurais	payé
tu	aurais	payé
il	aurait	payé
nous	aurions	payé
vous	auriez	payé
ils	auraient	payé

Passé 2e forme

j'	eusse	payé
tu	eusses	payé
il	eût	payé
nous	eussions	payé
vous	eussiez	payé
ils	eussent	payé

PARTICIPE

Présent	Passé
payant	payé
	ayant payé

INFINITIF

Présent	Passé
payer	avoir payé

IMPERATIF

Présent	Passé	
paie	aie	payé
payons	ayons	payé
payez	ayez	payé

Envoyer

envoyer, renvoyer 的動詞變化和表 12 相同，唯有未來時和條件式屬不規則變化

表 14

INDICATIF

Présent

j'	envoi e
tu	envoi es
il	envoi e
nous	envoy ons
vous	envoy ez
ils	envoi ent

Passé composé

j'	ai	envoyé
tu	as	envoyé
il	a	envoyé
nous	avons	envoyé
vous	avez	envoyé
ils	ont	envoyé

Imparfait

j'	envoy ais
tu	envoy ais
il	envoy ait
nous	envoy ions
vous	envoy iez
ils	envoy aient

Plus-que-parfait

j'	avais	envoyé
tu	avais	envoyé
il	avait	envoyé
nous	avions	envoyé
vous	aviez	envoyé
ils	avaient	envoyé

Passé simple

j'	envoy ai
tu	envoy as
il	envoy a
nous	envoy âmes
vous	envoy âtes
ils	envoy èrent

Passé antérieur

j'	eus	envoyé
tu	eus	envoyé
il	eut	envoyé
nous	eûmes	envoyé
vous	eûtes	envoyé
ils	eurent	envoyé

Futur simple

j'	enverr ai
tu	enverr as
il	enverr a
nous	enverr ons
vous	enverr ez
ils	enverr ont

Futur antérieur

j'	aurai	envoyé
tu	auras	envoyé
il	aura	envoyé
nous	aurons	envoyé
vous	aurez	envoyé
ils	auront	envoyé

SUBJONCTIF

Présent

que j'	envoi e
que tu	envoi es
qu'il	envoi e
que nous	envoy ions
que vous	envoy iez
qu'ils	envoi ent

Imparfait

que j'	envoya sse
que tu	envoya sses
qu'il	envoyâ t
que nous	envoya ssions
que vous	envoya ssiez
qu'ils	envoya ssent

Passé

que j'	aie	envoyé
que tu	aies	envoyé
qu'il	ait	envoyé
que nous	ayons	envoyé
que vous	ayez	envoyé
qu'ils	aient	envoyé

Plus-que-parfait

que j'	eusse	envoyé
que tu	eusses	envoyé
qu'il	eût	envoyé
que nous	eussions	envoyé
que vous	eussiez	envoyé
qu'ils	eussent	envoyé

CONDITIONNEL

Présent

j'	enverr ais
tu	enverr ais
il	enverr ait
nous	enverr ions
vous	enverr iez
ils	enverr aient

Passé 1re forme

j'	aurais	envoyé
tu	aurais	envoyé
il	aurait	envoyé
nous	aurions	envoyé
vous	auriez	envoyé
ils	auraient	envoyé

Passé 2e forme

j'	eusse	envoyé
tu	eusses	envoyé
il	eût	envoyé
nous	eussions	envoyé
vous	eussiez	envoyé
ils	eussent	envoyé

PARTICIPE

Présent	Passé
envoyant	envoyé
	ayant envoyé

INFINITIF

Présent	Passé
envoyer	avoir envoyé

IMPERATIF

Présent*	Passé	
envoie	aie	envoyé
envoyons	ayons	envoyé
envoyez	ayez	envoyé

Protéger

以 -éger 結尾的動詞，須注意 g 後的變化（如表 10）和閉口音與開口音之間的變化（如表 9）　表 15

INDICATIF

Présent
je	protèg e
tu	protèg es
il	protèg e
nous	protége ons
vous	protég ez
ils	protèg ent

Passé composé
j'	ai	protégé
tu	as	protégé
il	a	protégé
nous	avons	protégé
vous	avez	protégé
ils	ont	protégé

Imparfait
je	protége ais
tu	protége ais
il	protége ait
nous	protég ions
vous	protég iez
ils	protége aient

Plus-que-parfait
j'	avais	protégé
tu	avais	protégé
il	avait	protégé
nous	avions	protégé
vous	aviez	protégé
ils	avaient	protégé

Passé simple
je	protége ai
tu	protége as
il	protége a
nous	protége âmes
vous	protége âtes
ils	protég èrent

Passé antérieur
j'	eus	protégé
tu	eus	protégé
il	eut	protégé
nous	eûmes	protégé
vous	eûtes	protégé
ils	eurent	protégé

Futur simple
je	protéger ai
tu	protéger as
il	protéger a
nous	protéger ons
vous	protéger ez
ils	protéger ont

Futur antérieur
j'	aurai	protégé
tu	auras	protégé
il	aura	protégé
nous	aurons	protégé
vous	aurez	protégé
ils	auront	protégé

SUBJONCTIF

Présent
que je	protèg e
que tu	protèg es
qu'il	protèg e
que nous	protég ions
que vous	protég iez
qu'ils	protèg ent

Imparfait
que je	protégea sse
tu	protégea sses
qu'il	protégeâ t
que nous	protégea ssions
que vous	protégea ssiez
qu'ils	protégea ssent

Passé
que j'	aie	protégé
que tu	aies	protégé
qu'il	ait	protégé
que nous	ayons	protégé
que vous	ayez	protégé
qu'ils	aient	protégé

Plus-que-parfait
que j'	eusse	protégé
que tu	eusses	protégé
qu'il	eût	protégé
que nous	eussions	protégé
que vous	eussiez	protégé
qu'ils	eussent	protégé

CONDITIONNEL

Présent
je	protéger ais
tu	protéger ais
il	protéger ait
nous	protéger ions
vous	protéger iez
ils	protéger aient

Passé 1re forme
j'	aurais	protégé
tu	aurais	protégé
il	aurait	protégé
nous	aurions	protégé
vous	auriez	protégé
ils	auraient	protégé

Passé 2e forme
j'	eusse	protégé
tu	eusses	protégé
il	eût	protégé
nous	eussions	protégé
vous	eussiez	protégé
ils	eussent	protégé

PARTICIPE

Présent　Passé
protégeant　protégé
　　　ayant protégé

INFINITIF

Présent　Passé
protéger　avoir protégé

IMPERATIF

Présent　Passé
protège	aie	protégé
protégeons	ayons	protégé
protégez	ayez	protégé

Créer

以 -éer 結尾的動詞，é 維持不變   表 16

INDICATIF

Présent
je	cré e
tu	cré es
il	cré e
nous	cré ons
vous	cré ez
ils	cré ent

Imparfait
je	cré ais
tu	cré ais
il	cré ait
nous	cré ions
vous	cré iez
ils	cré aient

Passé simple
je	cré ai
tu	cré as
il	cré a
nous	cré âmes
vous	cré âtes
ils	cré èrent

Futur simple
j'	créer ai
te	créer as
il	créer a
nous	créer ons
vous	créer ez
ils	créer ont

Passé composé
j'	ai	créé
tu	as	créé
il	a	créé
nous	avons	créé
vous	avez	créé
ils	ont	créé

Plus-que-parfait
j'	avais	créé
tu	avais	créé
il	avait	créé
nous	avions	créé
vous	aviez	créé
ils	avaient	créé

Passé antérieur
j'	eus	créé
tu	eus	créé
il	eut	créé
nous	eûmes	créé
vous	eûtes	créé
ils	eurent	créé

Futur antérieur
j'	aurai	créé
tu	auras	créé
il	aura	créé
nous	aurons	créé
vous	aurez	créé
ils	auront	créé

SUBJONCTIF

Présent
que je	cré e
que tu	cré es
qu'il	cré e
que nous	cré ions
que vous	cré iez
qu'ils	cré ent

Imparfait
que je	créa sse
que tu	créa sses
qu'il	créâ t
que nous	créa ssions
que vous	créa ssiez
qu'ils	créa ssent

Passé
que j'	aie	créé
que tu	aies	créé
qu'il	ait	créé
que nous	ayons	créé
que vous	ayez	créé
qu'ils	aient	créé

Plus-que-parfait
que j'	eusse	créé
que tu	eusses	créé
qu'il	eût	créé
que nous	eussions	créé
que vous	eussiez	créé
qu'ils	eussent	créé

CONDITIONNEL

Présent
je	créer ais
tu	créer ais
il	créer ait
nous	créer ions
vous	créer iez
ils	créer aient

Passé 1re forme
j'	aurais	créé
tu	aurais	créé
il	aurait	créé
nous	aurions	créé
vous	auriez	créé
ils	auraient	créé

Passé 2e forme
j'	eusse	créé
tu	eusses	créé
il	eût	créé
nous	eussions	créé
vous	eussiez	créé
ils	eussent	créé

PARTICIPE

Présent	Passé
créant	créé
	ayant créé

INFINITIF

Présent	Passé
créer	avoir créé

IMPERATIF

Présent	Passé	
crée	aie	créé
créons	ayons	créé
créez	ayez	créé

Apprécier

以 -ier 結尾的動詞，在未完成過去時與虛擬式現在時的第一、二人稱複數，字根 -i 結尾加字尾 -i 開頭維持不變

表 17

INDICATIF

Présent
j'	appréci e
tu	appréci es
il	appréci e
nous	appréci ons
vous	appréci ez
ils	appréci ent

Imparfait
j'	appréci ais
tu	appréci ais
il	appréci ait
nous	appréci ions
vous	appréci iez
ils	appréci aient

Passé simple
j'	appréci ai
tu	appréci as
il	appréci a
nous	appréci âmes
vous	appréci âtes
ils	appréci èrent

Futur simple
j'	apprécier ai
tu	apprécier as
il	apprécier a
nous	apprécier ons
vous	apprécier ez
ils	apprécier ont

Passé composé
j'	ai	apprécié
tu	as	apprécié
il	a	apprécié
nous	avons	apprécié
vous	avez	apprécié
ils	ont	apprécié

Plus-que-parfait
j'	avais	apprécié
tu	avais	apprécié
il	avait	apprécié
nous	avions	apprécié
vous	aviez	apprécié
ils	avaient	apprécié

Passé antérieur
j'	eus	apprécié
tu	eus	apprécié
il	eut	apprécié
nous	eûmes	apprécié
vous	eûtes	apprécié
ils	eurent	apprécié

Futur antérieur
j'	aurai	apprécié
tu	auras	apprécié
il	aura	apprécié
nous	aurons	apprécié
vous	aurez	apprécié
ils	auront	apprécié

SUBJONCTIF

Présent
que j'	appréci e
que tu	appréci es
qu'il	appréci e
que nous	appréci ions
que vous	appréci iez
qu'ils	appréci ent

Imparfait
que j'	apprécia sse
que tu	apprécia sses
qu'il	appréciâ t
que nous	apprécia ssions
que vous	apprécia ssiez
qu'ils	apprécia ssent

Passé
que j'	aie	apprécié
que tu	aies	apprécié
qu'il	ait	apprécié
que nous	ayons	apprécié
que vous	ayez	apprécié
qu'ils	aient	apprécié

Plus-que-parfait
que j'	eusse	apprécié
que tu	eusses	apprécié
qu'il	eût	apprécié
que nous	eussions	apprécié
que vous	eussiez	apprécié
qu'ils	eussent	apprécié

CONDITIONNEL

Présent
j'	apprécier ais
tu	apprécier ais
il	apprécier ait
nous	apprécier ions
vous	apprécier iez
ils	apprécier aient

Passé 1re forme
j'	aurais	apprécié
tu	aurais	apprécié
il	aurait	apprécié
nous	aurions	apprécié
vous	auriez	apprécié
ils	auraient	apprécié

Passé 2e forme
j'	eusse	apprécié
tu	eusses	apprécié
il	eût	apprécié
nous	eussions	apprécié
vous	eussiez	apprécié
ils	eussent	apprécié

PARTICIPE

Présent
appréciant

Passé
apprécié
ayant apprécié

INFINITIF

Présent
apprécier

Passé
avoir apprécié

IMPERATIF

Présent
apprécie
apprécions
appréciez

Passé
aie apprécié
ayons apprécié
ayez apprécié

Finir

Groupe II

INDICATIF

Présent

je	fini s
tu	fini s
il	fini t
nous	fini ssons
vous	fini ssez
ils	fini ssent

Imparfait

je	finiss ais
tu	finiss ais
il	finiss ait
nous	finiss ions
vous	finiss iez
ils	finiss aient

Passé simple

je	fin is
tu	fin is
il	fin it
nous	fin îmes
vous	fin îtes
ils	fin irent

Futur simple

je	finir ai
tu	finir as
il	finir a
nous	finir ons
vous	finir ez
ils	finir ont

Passé composé

j'	ai	fini
tu	as	fini
il	a	fini
nous	avons	fini
vous	avez	fini
ils	ont	fini

Plus-que-parfait

j'	avais	fini
tu	avais	fini
il	avait	fini
nous	avions	fini
vous	aviez	fini
ils	avaient	fini

Passé antérieur

j'	eus	fini
tu	eus	fini
il	eut	fini
nous	eûmes	fini
vous	eûtes	fini
ils	eurent	fini

Futur antérieur

j'	aurai	fini
tu	auras	fini
il	aura	fini
nous	aurons	fini
vous	aurez	fini
ils	auront	fini

SUBJONCTIF

Présent

que je	finiss e
que tu	finiss es
qu'il	finiss e
que nous	finiss ions
que vous	finiss iez
qu'ils	finiss ent

Imparfait

que je	fini sse
que tu	fini sses
qu'il	finî t
que nous	fini ssions
que vous	fini ssiez
qu'ils	fini ssent

Passé

que j'	aie	fini
que tu	aies	fini
qu'il	ait	fini
que nous	ayons	fini
que vous	ayez	fini
qu'ils	aient	fini

Plus-que-parfait

que j'	eusse	fini
que tu	eusses	fini
qu'il	eût	fini
que nous	eussions	fini
que vous	eussiez	fini
qu'ils	eussent	fini

CONDITIONNEL

Présent

je	finir ais
tu	finir ais
il	finir ait
nous	finir ions
vous	finir iez
ils	finir aient

Passé 1re forme

j'	aurais	fini
tu	aurais	fini
il	aurait	fini
nous	aurions	fini
vous	auriez	fini
ils	auraient	fini

Passé 2e forme

j'	eusse	fini
tu	eusses	fini
il	eût	fini
nous	eussions	fini
vous	eussiez	fini
ils	eussent	fini

PARTICIPE

Présent
finissant

Passé
fini
ayant fini

INFINITIF

Présent
finir

Passé
avoir fini

IMPERATIF

Présent
finis
finissons
finissez

Passé
aie fini
ayons fini
ayez fini

Haïr

基本同於前表，不同之處在現在時 je hais, tu hais, il hait 以及簡單過去式及虛擬式未完成過去時，分音符(¨)維持不變　　表 19

INDICATIF

Présent
je	hais
tu	hais
il	hait
nous	haïssons
vous	haïssez
ils	haïssent

Imparfait
je	haïssais
tu	haïssais
il	haïssait
nous	haïssions
vous	haïssiez
ils	haïssaient

Passé simple
je	haïs
tu	haïs
il	haït
nous	haïmes
vous	haïtes
ils	haïrent

Futur simple
je	haïrai
tu	haïras
il	haïra
nous	haïrons
vous	haïrez
ils	haïront

Passé composé
j'	ai	haï
tu	as	haï
il	a	haï
nous	avons	haï
vous	avez	haï
ils	ont	haï

Plus-que-parfait
j'	avais	haï
tu	avais	haï
il	avait	haï
nous	avions	haï
vous	aviez	haï
ils	avaient	haï

Passé antérieur
j'	eus	haï
tu	eus	haï
il	eut	haï
nous	eûmes	haï
vous	eûtes	haï
ils	eurent	haï

Futur antérieur
j'	aurai	haï
tu	auras	haï
il	aura	haï
nous	aurons	haï
vous	aurez	haï
ils	auront	haï

SUBJONCTIF

Présent
que je	haïsse
que tu	haïsses
qu'il	haïsse
que nous	haïssions
que vous	haïssiez
qu'ils	haïssent

Imparfait
que je	haïsse
que tu	haïsses
qu'il	haït
que nous	haïssions
que vous	haïssiez
qu'ils	haïssent

Passé
que j'	aie	haï
que tu	aies	haï
qu'il	ait	haï
que nous	ayons	haï
que vous	ayez	haï
qu'ils	aient	haï

Plus-que-parfait
que j'	eusse	haï
que tu	eusses	haï
qu'il	eût	haï
que nous	eussions	haï
que vous	eussiez	haï
qu'ils	eussent	haï

CONDITIONNEL

Présent
je	haïrais
tu	haïrais
il	haïrait
nous	haïrions
vous	haïriez
ils	haïraient

Passé 1re forme
j'	aurais	haï
tu	aurais	haï
il	aurait	haï
nous	aurions	haï
vous	auriez	haï
ils	auraient	haï

Passé 2e forme
j'	eusse	haï
tu	eusses	haï
il	eût	haï
nous	eussions	haï
vous	eussiez	haï
ils	eussent	haï

PARTICIPE

Présent
haïssant

Passé
haï
ayant haï

INFINITIF

Présent
haïr

Passé
avoir haï

IMPERATIF

Présent
hais
haïssons
haïssez

Passé
aie haï
ayons haï
ayez haï

Aller
Groupe III　　　　　　　　　　　　　　　　　　表 20

INDICATIF		SUBJONCTIF	

Présent

je	vais		que j'	aill	e
tu	vas		que tu	aill	es
il	va		qu'il	aill	e
nous	all ons		que nous	all	ions
vous	all ez		que vous	all	iez
ils	vont		qu'ils	aill	ent

Passé composé (Indicatif) / Présent (Subjonctif)

je	suis	allé			
tu	es	allé			
il	est	allé			
nous	sommes	allés			
vous	êtes	allés			
ils	sont	allés			

Imparfait

j'	all ais		que j'	alla sse	
tu	all ais		que tu	alla sses	
il	all ait		qu'il	allâ t	
nous	all ions		que nous	alla ssions	
vous	all iez		que vous	alla ssiez	
ils	all aient		qu'ils	alla ssent	

Plus-que-parfait (Indicatif)

j'	étais	allé
tu	étais	allé
il	était	allé
nous	étions	allés
vous	étiez	allés
ils	étaient	allés

Passé simple / Passé antérieur / Passé (Subjonctif)

j'	all ai		je	fus	allé	que je	sois	allé
tu	all as		tu	fus	allé	que tu	sois	allé
il	all a		il	fut	allé	qu'il	soit	allé
nous	all âmes		nous	fûmes	allés	que nous	soyons	allés
vous	all âtes		vous	fûtes	allés	que vous	soyez	allés
ils	all èrent		ils	furent	allés	qu'ils	soient	allés

Futur simple / Futur antérieur / Plus-que-parfait (Subjonctif)

j'	ir ai		je	serai	allé	que je	fusse	allé
tu	ir as		tu	seras	allé	que tu	fusses	allé
il	ir a		il	sera	allé	qu'il	fût	allé
nous	ir ons		nous	serons	allés	que nous	fussions	allés
vous	ir ez		vous	serez	allés	que vous	fussiez	allés
ils	ir ont		ils	seront	allés	qu'ils	fussent	allés

CONDITIONNEL		

Présent / Passé 1re forme / Passé 2e forme

j'	ir ais		je	serais	allé	je	fusse	allé
tu	ir ais		tu	serais	allé	tu	fusses	allé
il	ir ait		il	serait	allé	il	fût	allé
nous	ir ions		nous	serions	allés	nous	fussions	allés
vous	ir iez		vous	seriez	allés	vous	fussiez	allés
ils	ir aient		ils	seraient	allés	ils	fussent	allés

PARTICIPE	INFINITIF	IMPERATIF

Participe

Présent	Passé
allant	allé
	étant allé

Infinitif

Présent	Passé
aller	être allé

Imperatif

Présent	Passé	
va	sois	allé
allons	soyons	allés
allez	soyez	allés

Courir

相同動詞變化：concourir, parcourir, secourir, *etc*.

表 21

INDICATIF

Présent
je	cour s
tu	cour s
il	cour t
nous	cour ons
vous	cour ez
ils	cour ent

Passé composé
j'	ai	couru
tu	as	couru
il	a	couru
nous	avons	couru
vous	avez	couru
ils	ont	couru

Imparfait
je	cour ais
tu	cour ais
il	cour ait
nous	cour ions
vous	cour iez
ils	cour aient

Plus-que-parfait
j'	avais	couru
tu	avais	couru
il	avait	couru
nous	avions	couru
vous	aviez	couru
ils	avaient	couru

Passé simple
je	cour us
tu	cour us
il	cour ut
nous	cour ûmes
vous	cour ûtes
ils	cour urent

Passé antérieur
j'	eus	couru
tu	eus	couru
il	eut	couru
nous	eûmes	couru
vous	eûtes	couru
ils	eurent	couru

Futur simple
je	courr ai
tu	courr as
il	courr a
nous	courr ons
vous	courr ez
ils	courr ont

Futur antérieur
j'	aurai	couru
tu	auras	couru
il	aura	couru
nous	aurons	couru
vous	aurez	couru
ils	auront	couru

SUBJONCTIF

Présent
que je	cour e
que tu	cour es
qu'il	cour e
que nous	cour ions
que vous	cour iez
qu'ils	cour ent

Imparfait
que je	couru sse
que tu	couru sses
qu'il	courû t
que nous	couru ssions
que vous	couru ssiez
qu'ils	couru ssent

Passé
que j'	aie	couru
que tu	aies	couru
qu'il	ait	couru
que nous	ayons	couru
que vous	ayez	couru
qu'ils	aient	couru

Plus-que-parfait
que j'	eusse	couru
que tu	eusses	couru
qu'il	eût	couru
que nous	eussions	couru
que vous	eussiez	couru
qu'ils	eussent	couru

CONDITIONNEL

Présent
je	courr ais
tu	courr ais
il	courr ait
nous	courr ions
vous	courr iez
ils	courr aient

Passé 1re forme
j'	aurais	couru
tu	aurais	couru
il	aurait	couru
nous	aurions	couru
vous	auriez	couru
ils	auraient	couru

Passé 2e forme
j'	eusse	couru
tu	eusses	couru
il	eût	couru
nous	eussions	couru
vous	eussiez	couru
ils	eussent	couru

PARTICIPE

Présent	Passé
courant	couru
	ayant couru

INFINITIF

Présent	Passé
courir	avoir couru

IMPERATIF

Présent
cours
courons
courez

Passé
aie	couru
ayons	couru
ayez	couru

Tenir

obtenir, venir, etc.

表22

INDICATIF

Présent

je	tien s
tu	tien s
il	tien t
nous	ten ons
vous	ten ez
ils	tiennent

Imparfait

je	ten ais
tu	ten ais
il	ten ait
nous	ten ions
vous	ten iez
ils	ten aient

Passé simple

je	tins
tu	tins
il	tint
nous	tînmes
vous	tîntes
ils	tinrent

Futur simple

je	tiendr ai
tu	tiendr as
il	tiendr a
nous	tiendr ons
vous	tiendr ez
ils	tiendr ont

Passé composé

j'	ai	tenu
tu	as	tenu
il	a	tenu
nous	avons	tenu
vous	avez	tenu
ils	ont	tenu

Plus-que-parfait

j'	avais	tenu
tu	avais	tenu
il	avait	tenu
nous	avions	tenu
vous	aviez	tenu
ils	avaient	tenu

Passé antérieur

j'	eus	tenu
tu	eus	tenu
il	eut	tenu
nous	eûmes	tenu
vous	eûtes	tenu
ils	eurent	tenu

Futur antérieur

j'	aurai	tenu
tu	auras	tenu
il	aura	tenu
nous	aurons	tenu
vous	aurez	tenu
ils	auront	tenu

SUBJONCTIF

Présent

que je	tienn e
que tu	tienn es
qu'il	tienn e
que nous	ten ions
que vous	ten iez
qu'ils	tienn ent

Imparfait

que je	tin sse
que tu	tin sses
qu'il	tîn t
que nous	tin ssions
que vous	tin ssiez
qu'ils	tin ssent

Passé

que j'	aie	tenu
que tu	aies	tenu
qu'il	ait	tenu
que nous	ayons	tenu
que vous	ayez	tenu
qu'ils	aient	tenu

Plus-que-parfait

que j'	eusse	tenu
que tu	eusses	tenu
qu'il	eût	tenu
que nous	eussions	tenu
que vous	eussiez	tenu
qu'ils	eussent	tenu

CONDITIONNEL

Présent

je	tiendr ais
tu	tiendr ais
il	tiendr ait
nous	tiendr ions
vous	tiendr iez
ils	tiendr aient

Passé 1re forme

j'	aurais	tenu
tu	aurais	tenu
il	aurait	tenu
nous	aurions	tenu
vous	auriez	tenu
ils	auraient	tenu

Passé 2e forme

j'	eusse	tenu
tu	eusses	tenu
il	eût	tenu
nous	eussions	tenu
vous	eussiez	tenu
ils	eussent	tenu

PARTICIPE

Présent
tenant

Passé
tenu
ayant tenu

INFINITIF

Présent
tenir

Passé
avoir tenu

IMPERATIF

Présent
tiens
tenons
tenez

Passé
aie tenu
ayons tenu
ayez tenu

Dormir

endormir, rendormir

表23

INDICATIF

Présent

je	dor	s
tu	dor	s
il	dor	t
nous	dorm	ons
vous	dorm	ez
ils	dorm	ent

Imparfait

je	dorm	ais
tu	dorm	ais
il	dorm	ait
nous	dorm	ions
vous	dorm	iez
ils	dorm	aient

Passé simple

je	dorm	is
tu	dorm	is
il	dorm	it
nous	dorm	îmes
vous	dorm	îtes
ils	dorm	irent

Futur simple

je	dormir	ai
tu	dormir	as
il	dormir	a
nous	dormir	ons
vous	dormir	ez
ils	dormir	ont

Passé composé

j'	ai	dormi
tu	as	dormi
il	a	dormi
nous	avons	dormi
vous	avez	dormi
ils	ont	dormi

Plus-que-parfait

j'	avais	dormi
tu	avais	dormi
il	avait	dormi
nous	avions	dormi
vous	aviez	dormi
ils	avaient	dormi

Passé antérieur

j'	eus	dormi
tu	eus	dormi
il	eut	dormi
nous	eûmes	dormi
vous	eûtes	dormi
ils	eurent	dormi

Futur antérieur

j'	aurai	dormi
tu	auras	dormi
il	aura	dormi
nous	aurons	dormi
vous	aurez	dormi
ils	auront	dormi

SUBJONCTIF

Présent

que je	dorm	e
que tu	dorm	es
qu'il	dorm	e
que nous	dorm	ions
que vous	dorm	iez
qu'ils	dorm	ent

Imparfait

que je	dormi	sse
que tu	dormi	sses
qu'il	dormî	t
que nous	dormi	ssions
que vous	dormi	ssiez
qu'ils	dormi	ssent

Passé

que j'	aie	dormi
que tu	aies	dormi
qu'il	ait	dormi
que nous	ayons	dormi
que vous	ayez	dormi
qu'ils	aient	dormi

Plus-que-parfait

que j'	eusse	dormi
que tu	eusses	dormi
qu'il	eût	dormi
que nous	eussions	dormi
que vous	eussiez	dormi
qu'ils	eussent	dormi

CONDITIONNEL

Présent

je	dormir	ais
tu	dormir	ais
il	dormir	ait
nous	dormir	ions
vous	dormir	iez
ils	dormir	aient

Passé 1re forme

j'	aurais	dormi
tu	aurais	dormi
il	aurait	dormi
nous	aurions	dormi
vous	auriez	dormi
ils	auraient	dormi

Passé 2e forme

j'	eusse	dormi
tu	eusses	dormi
il	eût	dormi
nous	eussions	dormi
vous	eussiez	dormi
ils	eussent	dormi

PARTICIPE

Présent
dormant

Passé
dormi
ayant dormi

INFINITIF

Présent
dormir

Passé
avoir dormi

IMPERATIF

Présent
dors
dormons
dormez

Passé
aie dormi
ayons dormi
ayez dormi

Offrir

découvrir, ouvrir, souffrir, *etc.*

表 24

INDICATIF

Présent

j'	offr e
tu	offr es
il	offr e
nous	offr ons
vous	offr ez
ils	offr ent

Imparfait

j'	offr ais
tu	offr ais
il	offr ait
nous	offr ions
vous	offr iez
ils	offr aient

Passé simple

j'	offr is
tu	offr is
il	offr it
nous	offr îmes
vous	offr îtes
ils	offr irent

Futur simple

j'	offrir ai
tu	offrir as
il	offrir a
nous	offrir ons
vous	offrir ez
ils	offrir ont

Passé composé

j'	ai	offert
tu	as	offert
il	a	offert
nous	avons	offert
vous	avez	offert
ils	ont	offert

Plus-que-parfait

j'	avais	offert
tu	avais	offert
il	avait	offert
nous	avions	offert
vous	aviez	offert
ils	avaient	offert

Passé antérieur

j'	eus	offert
tu	eus	offert
il	eut	offert
nous	eûmes	offert
vous	eûtes	offert
ils	eurent	offert

Futur antérieur

j'	aurai	offert
tu	auras	offert
il	aura	offert
nous	aurons	offert
vous	aurez	offert
ils	auront	offert

SUBJONCTIF

Présent

que j'	offr e
que tu	offr es
qu'il	offr e
que nous	offr ions
que vous	offr iez
qu'ils	offr ent

Imparfait

que j'	offri sse
que tu	offri sses
qu'il	offrî t
que nous	offri ssions
que vous	offri ssiez
qu'ils	offri ssent

Passé

que j'	aie	offert
que tu	aies	offert
qu'il	ait	offert
que nous	ayons	offert
que vous	ayez	offert
qu'ils	aient	offert

Plus-que-parfait

que j'	eusse	offert
que tu	eusses	offert
qu'il	eût	offert
que nous	eussions	offert
que vous	eussiez	offert
qu'ils	eussent	offert

CONDITIONNEL

Présent

j'	offrir ais
tu	offrir ais
il	offrir ait
nous	offrir ions
vous	offrir iez
ils	offrir aient

Passé 1re forme

j'	aurais	offert
tu	aurais	offert
il	aurait	offert
nous	aurions	offert
vous	auriez	offert
ils	auraient	offert

Passé 2e forme

j'	eusse	offert
tu	eusses	offert
il	eût	offert
nous	eussions	offert
vous	eussiez	offert
ils	eussent	offert

PARTICIPE

Présent	Passé
offrant	offert
	ayant offert

INFINITIF

Présent	Passé
offrir	avoir offert

IMPERATIF

Présent	Passé	
offre	aie	offert
offrons	ayons	offert
offrez	ayez	offert

Servir

desservir, resservir
注意 asservir 屬第二組規則動詞，表 18 finir

表 25

INDICATIF

Présent

je	ser s
tu	ser s
il	ser t
nous	serv ons
vous	serv ez
ils	serv ent

Imparfait

je	serv ais
tu	serv ais
il	serv ait
nous	serv ions
vous	serv iez
ils	serv aient

Passé simple

je	serv is
tu	serv is
il	serv it
nous	serv îmes
vous	serv îtes
ils	serv irent

Futur simple

je	servir ai
tu	servir as
il	servir a
nous	servir ons
vous	servir ez
ils	servir ont

Passé composé

j'	ai	servi
tu	as	servi
il	a	servi
nous	avons	servi
vous	avez	servi
ils	ont	servi

Plus-que-parfait

j'	avais	servi
tu	avais	servi
il	avait	servi
nous	avions	servi
vous	aviez	servi
ils	avaient	servi

Passé antérieur

j'	eus	servi
tu	eus	servi
il	eut	servi
nous	eûmes	servi
vous	eûtes	servi
ils	eurent	servi

Futur antérieur

j'	aurai	servi
tu	auras	servi
il	aura	servi
nous	aurons	servi
vous	aurez	servi
ils	auront	servi

SUBJONCTIF

Présent

que je	serv e
que tu	serv es
qu'il	serv e
que nous	serv ions
que vous	serv iez
qu'ils	serv ent

Imparfait

que je	servi sse
que tu	servi sses
qu'il	servî t
que nous	servi ssions
que vous	servi ssiez
qu'ils	servi ssent

Passé

que j'	aie	servi
que tu	aies	servi
qu'il	ait	servi
que nous	ayons	servi
que vous	ayez	servi
qu'ils	aient	servi

Plus-que-parfait

que j'	eusse	servi
que tu	eusses	servi
qu'il	eût	servi
que nous	eussions	servi
que vous	eussiez	servi
qu'ils	eussent	servi

CONDITIONNEL

Présent

je	servir ais
tu	servir ais
il	servir ait
nous	servir ions
vous	servir iez
ils	servir aient

Passé 1re forme

j'	aurais	servi
tu	aurais	servi
il	aurait	servi
nous	aurions	servi
vous	auriez	servi
ils	auraient	servi

Passé 2e forme

j'	eusse	servi
tu	eusses	servi
il	eût	servi
nous	eussions	servi
vous	eussiez	servi
ils	eussent	servi

PARTICIPE

Présent | Passé

servant | servi
        | ayant servi

INFINITIF

Présent | Passé

servir | avoir servi

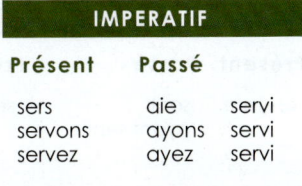

IMPERATIF

Présent | Passé

sers	aie	servi
servons	ayons	servi
servez	ayez	servi

Sentir

mentir, partir, sortir, *etc.*

表26

INDICATIF

Présent
je	sen s
tu	sen s
il	sen t
nous	sent ons
vous	sent ez
ils	sent ent

Imparfait
je	sent ais
tu	sent ais
il	sent ait
nous	sent ions
vous	sent iez
ils	sent aient

Passé simple
je	sent is
tu	sent is
il	sent it
nous	sent îmes
vous	sent îtes
ils	sent irent

Futur simple
je	sentir ai
tu	sentir as
il	sentir a
nous	sentir ons
vous	sentir ez
ils	sentir ont

Passé composé
j'	ai	senti
tu	as	senti
il	a	senti
nous	avons	senti
vous	avez	senti
ils	ont	senti

Plus-que-parfait
j'	avais	senti
tu	avais	senti
il	avait	senti
nous	avions	senti
vous	aviez	senti
ils	avaient	senti

Passé antérieur
j'	eus	senti
tu	eus	senti
il	eut	senti
nous	eûmes	senti
vous	eûtes	senti
ils	eurent	senti

Futur antérieur
j'	aurai	senti
tu	auras	senti
il	aura	senti
nous	aurons	senti
vous	aurez	senti
ils	auront	senti

SUBJONCTIF

Présent
que je	sent e
que tu	sent es
qu'il	sent e
que nous	sent ions
que vous	sent iez
qu'ils	sent ent

Imparfait
que je	senti sse
que tu	senti sses
qu'il	sentî t
que nous	senti ssions
que vous	senti ssiez
qu'ils	senti ssent

Passé
que j'	aie	senti
que tu	aies	senti
qu'il	ait	senti
que nous	ayons	senti
que vous	ayez	senti
qu'ils	aient	senti

Plus-que-parfait
que j'	eusse	senti
que tu	eusses	senti
qu'il	eût	senti
que nous	eussions	senti
que vous	eussiez	senti
qu'ils	eussent	senti

CONDITIONNEL

Présent
je	sentir ais
tu	sentir ais
il	sentir ait
nous	sentir ions
vous	sentir iez
ils	sentir aient

Passé 1re forme
j'	aurais	senti
tu	aurais	senti
il	aurait	senti
nous	aurions	senti
vous	auriez	senti
ils	auraient	senti

Passé 2e forme
j'	eusse	senti
tu	eusses	senti
il	eût	senti
nous	eussions	senti
vous	eussiez	senti
ils	eussent	senti

PARTICIPE

Présent
sentant

Passé
senti
ayant senti

INFINITIF

Présent
sentir

Passé
avoir senti

IMPERATIF

Présent
sens
sentons
sentez

Passé
aie senti
ayons senti
ayez senti

Vêtir

dévêtir, revêtir

表 27

INDICATIF

Présent
je vêt s
tu vêt s
il vêt
nous vêt ons
vous vêt ez
ils vêt ent

Imparfait
je vêt ais
tu vêt ais
il vêt ait
nous vêt ions
vous vêt iez
ils vêt aient

Passé simple
je vêt is
tu vêt is
il vêt it
nous vêt îmes
vous vêt îtes
ils vêt irent

Futur simple
je vêtir ai
tu vêtir as
il vêtir a
nous vêtir ons
vous vêtir ez
ils vêtir ont

Passé composé
j' ai vêtu
tu as vêtu
il a vêtu
nous avons vêtu
vous avez vêtu
ils ont vêtu

Plus-que-parfait
j' avais vêtu
tu avais vêtu
il avait vêtu
nous avions vêtu
vous aviez vêtu
ils avaient vêtu

Passé antérieur
j' eus vêtu
tu eus vêtu
il eut vêtu
nous eûmes vêtu
vous eûtes vêtu
ils eurent vêtu

Futur antérieur
j' aurai vêtu
tu auras vêtu
il aura vêtu
nous aurons vêtu
vous aurez vêtu
ils auront vêtu

SUBJONCTIF

Présent
que je vêt e
que tu vêt es
qu'il vêt e
que nous vêt ions
que vous vêt iez
qu'ils vêt ent

Imparfait
que je vêti sse
que tu vêti sses
qu'il vêti t
que nous vêti ssions
que vous vêti ssiez
qu'ils vêti ssent

Passé
que j' aie vêtu
que tu aies vêtu
qu'il ait vêtu
que nous ayons vêtu
que vous ayez vêtu
qu'ils aient vêtu

Plus-que-parfait
que j' eusse vêtu
que tu eusses vêtu
qu'il eût vêtu
que nous eussions vêtu
que vous eussiez vêtu
qu'ils eussent vêtu

CONDITIONNEL

Présent
je vêtir ais
tu vêtir ais
il vêtir ait
nous vêtir ions
vous vêtir iez
ils vêtir aient

Passé 1re forme
j' aurais vêtu
tu aurais vêtu
il aurait vêtu
nous aurions vêtu
vous auriez vêtu
ils auraient vêtu

Passé 2e forme
j' eusse vêtu
tu eusses vêtu
il eût vêtu
nous eussions vêtu
vous eussiez vêtu
ils eussent vêtu

PARTICIPE

Présent : vêtant
Passé : vêtu / ayant vêtu

INFINITIF

Présent : vêtir
Passé : avoir vêtu

IMPERATIF

Présent
vêts
vêtons
vêtez

Passé
aie vêtu
ayons vêtu
ayez vêtu

Mourir

表28

INDICATIF

Présent

je	meur s
tu	meur s
il	meur t
nous	mour ons
vous	mour ez
ils	meur ent

Imparfait

je	mour ais
tu	mour ais
il	mour ait
nous	mour ions
vous	mour iez
ils	mour aient

Passé simple

je	mour us
tu	mour us
il	mour ut
nous	mour ûmes
vous	mour ûtes
ils	mour urent

Futur simple

je	mourr ai
tu	mourr as
il	mourr a
nous	mourr ons
vous	mourr ez
ils	mourr ont

Passé composé

je	suis	mort
tu	es	mort
il	est	mort
nous	sommes	morts
vous	êtes	morts
ils	sont	morts

Plus-que-parfait

j'	étais	mort
tu	étais	mort
il	était	mort
nous	étions	morts
vous	étiez	morts
ils	étaient	morts

Passé antérieur

je	fus	mort
tu	fus	mort
il	fut	mort
nous	fûmes	morts
vous	fûtes	morts
ils	furent	morts

Futur antérieur

je	serai	mort
tu	seras	mort
il	sera	mort
nous	serons	morts
vous	serez	morts
ils	seront	morts

SUBJONCTIF

Présent

que je	meur e
que tu	meur es
qu'il	meur e
que nous	mour ions
que vous	mour iez
qu'ils	meur ent

Imparfait

que je	mouru sse
que tu	mouru sses
qu'il	mourû t
que nous	mouru ssions
que vous	mouru ssiez
qu'ils	mouru ssent

Passé

que je	sois	mort
que tu	sois	mort
qu'il	soit	mort
que nous	soyons	morts
que vous	soyez	morts
qu'ils	soient	morts

Plus-que-parfait

que je	fusse	mort
que tu	fusses	mort
qu'il	fût	mort
que nous	fussions	morts
que vous	fussiez	morts
qu'ils	fussent	morts

CONDITIONNEL

Présent

je	mourr ais
tu	mourr ais
il	mourr ait
nous	mourr ions
vous	mourr iez
ils	mourr aient

Passé 1re forme

je	serais	mort
tu	serais	mort
il	serait	mort
nous	serions	morts
vous	seriez	morts
ils	seraient	morts

Passé 2e forme

je	fusse	mort
tu	fusses	mort
il	fût	mort
nous	fussions	morts
vous	fussiez	morts
ils	fussent	morts

PARTICIPE

Présent Passé

mourant mort
        étant mort

INFINITIF

Présent Passé

mourir être mort

IMPERATIF

Présent Passé

meurs	sois	mort
mourons	soyons	morts
mourez	soyez	morts

Acquérir
conquérir, enquérir, etc.

INDICATIF

Présent
j'	acquier s
tu	acquier s
il	acquier t
nous	acquér ons
vous	acquér ez
ils	acquièr ent

Imparfait
j'	acquér ais
tu	acquér ais
il	acquér ait
nous	acquér ions
vous	acquér iez
ils	acquér aient

Passé simple
j'	acqu is
tu	acqu is
il	acqu it
nous	acqu îmes
vous	acqu îtes
ils	acqu irent

Futur simple
j'	acquerr ai
tu	acquerr as
il	acquerr a
nous	acquerr ons
vous	acquerr ez
ils	acquerr ont

Passé composé
j'	ai	acquis
tu	as	acquis
il	a	acquis
nous	avons	acquis
vous	avez	acquis
ils	ont	acquis

Plus-que-parfait
j'	avais	acquis
tu	avais	acquis
il	avait	acquis
nous	avions	acquis
vous	aviez	acquis
ils	avaient	acquis

Passé antérieur
j'	eus	acquis
tu	eus	acquis
il	eut	acquis
nous	eûmes	acquis
vous	eûtes	acquis
ils	eurent	acquis

Futur antérieur
j'	aurai	acquis
tu	auras	acquis
il	aura	acquis
nous	aurons	acquis
vous	aurez	acquis
ils	auront	acquis

SUBJONCTIF

Présent
que j'	acquièr e
que tu	acquièr es
qu'il	acquièr e
que nous	acquér ions
que vous	acquér iez
qu'ils	acquièr ent

Imparfait
que j'	acqui sse
que tu	acqui sses
qu'il	acquî t
que nous	acqui ssions
que vous	acqui ssiez
qu'ils	acqui ssent

Passé
que j'	aie	acquis
que tu	aies	acquis
qu'il	ait	acquis
que nous	ayons	acquis
que vous	ayez	acquis
qu'ils	aient	acquis

Plus-que-parfait
que j'	eusse	acquis
que tu	eusses	acquis
qu'il	eût	acquis
que nous	eussions	acquis
que vous	eussiez	acquis
qu'ils	eussent	acquis

CONDITIONNEL

Présent
j'	acquerr ais
tu	acquerr ais
il	acquerr ait
nous	acquerr ions
vous	acquerr iez
ils	acquerr aient

Passé 1re forme
j'	aurais	acquis
tu	aurais	acquis
il	aurait	acquis
nous	aurions	acquis
vous	auriez	acquis
ils	auraient	acquis

Passé 2e forme
j'	eusse	acquis
tu	eusses	acquis
il	eût	acquis
nous	eussions	acquis
vous	eussiez	acquis
ils	eussent	acquis

PARTICIPE

Présent	Passé
acquérant	acquis
	ayant acquis

INFINITIF

Présent	Passé
acquérir	avoir acquis

IMPERATIF

Présent	Passé	
acquiers	aie	acquis
acquérons	ayons	acquis
acquérez	ayez	acquis

Cueillir

accueillir, recueillir

INDICATIF

Présent
je	cueill	e
tu	cueill	es
il	cueill	e
nous	cueill	ons
vous	cueill	ez
ils	cueill	ent

Passé composé
j'	ai	cueilli
tu	as	cueilli
il	a	cueilli
nous	avons	cueilli
vous	avez	cueilli
ils	ont	cueilli

Imparfait
je	cueill	ais
tu	cueill	ais
il	cueill	ait
nous	cueill	ions
vous	cueill	iez
ils	cueill	aient

Plus-que-parfait
j'	avais	cueilli
tu	avais	cueilli
il	avait	cueilli
nous	avions	cueilli
vous	aviez	cueilli
ils	avaient	cueilli

Passé simple
je	cueill	is
tu	cueill	is
il	cueill	it
nous	cueill	îmes
vous	cueill	îtes
ils	cueill	irent

Passé antérieur
j'	eus	cueilli
tu	eus	cueilli
il	eut	cueilli
nous	eûmes	cueilli
vous	eûtes	cueilli
ils	eurent	cueilli

Futur simple
je	cueiller	ai
tu	cueiller	as
il	cueiller	a
nous	cueiller	ons
vous	cueiller	ez
ils	cueiller	ont

Futur antérieur
j'	aurai	cueilli
tu	auras	cueilli
il	aura	cueilli
nous	aurons	cueilli
vous	aurez	cueilli
ils	auront	cueilli

SUBJONCTIF

Présent
que je	cueill	e
que tu	cueill	es
qu'il	cueill	e
que nous	cueill	ions
que vous	cueill	iez
qu'ils	cueill	ent

Imparfait
que je	cueilli	sse
que tu	cueilli	sses
qu'il	cueillî	t
que nous	cueilli	ssions
que vous	cueilli	ssiez
qu'ils	cueilli	ssent

Passé
que j'	aie	cueilli
que tu	aies	cueilli
qu'il	ait	cueilli
que nous	ayons	cueilli
que vous	ayez	cueilli
qu'ils	aient	cueilli

Plus-que-parfait
que j'	eusse	cueilli
que tu	eusses	cueilli
qu'il	eût	cueilli
que nous	eussions	cueilli
que vous	eussiez	cueilli
qu'ils	eussent	cueilli

CONDITIONNEL

Présent
je	cueiller	ais
tu	cueiller	ais
il	cueiller	ait
nous	cueiller	ions
vous	cueiller	iez
ils	cueiller	aient

Passé 1re forme
j'	aurais	cueilli
tu	aurais	cueilli
il	aurait	cueilli
nous	aurions	cueilli
vous	auriez	cueilli
ils	auraient	cueilli

Passé 2e forme
j'	eusse	cueilli
tu	eusses	cueilli
il	eût	cueilli
nous	eussions	cueilli
vous	eussiez	cueilli
ils	eussent	cueilli

PARTICIPE

Présent	Passé
cueillant	cueilli
	ayant cueilli

INFINITIF

Présent	Passé
cueillir	avoir cueilli

IMPERATIF

Présent	Passé	
cueille	aie	cueilli
cueillons	ayons	cueilli
cueillez	ayez	cueilli

表 30

Bouillir

表 31

INDICATIF

Présent

je	bou	s
tu	bou	s
il	bou	t
nous	bouill	ons
vous	bouill	ez
ils	bouill	ent

Imparfait

je	bouill	ais
tu	bouill	ais
il	bouill	ait
nous	bouill	ions
vous	bouill	iez
ils	bouill	aient

Passé simple

je	bouill	is
tu	bouill	is
il	bouill	it
nous	bouill	îmes
vous	bouill	îtes
ils	bouill	irent

Futur simple

je	bouillir	ai
tu	bouillir	as
il	bouillir	a
nous	bouillir	ons
vous	bouillir	ez
ils	bouillir	ont

Passé composé

j'	ai	bouilli
tu	as	bouilli
il	a	bouilli
nous	avons	bouilli
vous	avez	bouilli
ils	ont	bouilli

Plus-que-parfait

j'	avais	bouilli
tu	avais	bouilli
il	avait	bouilli
nous	avions	bouilli
vous	aviez	bouilli
ils	avaient	bouilli

Passé antérieur

j'	eus	bouilli
tu	eus	bouilli
il	eut	bouilli
nous	eûmes	bouilli
vous	eûtes	bouilli
ils	eurent	bouilli

Futur antérieur

j'	aurai	bouilli
tu	auras	bouilli
il	aura	bouilli
nous	aurons	bouilli
vous	aurez	bouilli
ils	auront	bouilli

SUBJONCTIF

Présent

que je	bouill	e
que tu	bouill	es
qu'il	bouill	e
que nous	bouill	ions
que vous	bouill	iez
qu'ils	bouill	ent

Imparfait

que je	bouilli	sse
que tu	bouilli	sses
qu'il	bouillî	t
que nous	bouilli	ssions
que vous	bouilli	ssiez
qu'ils	bouilli	ssent

Passé

que j'	aie	bouilli
que tu	aies	bouilli
qu'il	ait	bouilli
que nous	ayons	bouilli
que vous	ayez	bouilli
qu'ils	aient	bouilli

Plus-que-parfait

que j'	eusse	bouilli
que tu	eusses	bouilli
qu'il	eût	bouilli
que nous	eussions	bouilli
que vous	eussiez	bouilli
qu'ils	eussent	bouilli

CONDITIONNEL

Présent

je	bouillir	ais
tu	bouillir	ais
il	bouillir	ait
nous	bouillir	ions
vous	bouillir	iez
ils	bouillir	aient

Passé 1re forme

j'	aurais	bouilli
tu	aurais	bouilli
il	aurait	bouilli
nous	aurions	bouilli
vous	auriez	bouilli
ils	auraient	bouilli

Passé 2e forme

j'	eusse	bouilli
tu	eusses	bouilli
il	eût	bouilli
nous	eussions	bouilli
vous	eussiez	bouilli
ils	eussent	bouilli

PARTICIPE

Présent Passé

bouillant bouilli
        ayant bouilli

INFINITIF

Présent Passé

bouillir avoir bouilli

IMPERATIF

Présent Passé

bous   aie   bouilli
bouillons ayons bouilli
bouillez   ayez   bouilli

Fuir

enfuir

表32

INDICATIF

Présent
je	fui s
tu	fui s
il	fui t
nous	fuy ons
vous	fuy ez
ils	fui ent

Imparfait
je	fuy ais
tu	fuy ais
il	fuy ait
nous	fuy ions
vous	fuy iez
ils	fuy aient

Passé simple
je	fu is
tu	fu is
il	fu it
nous	fu îmes
vous	fu îtes
ils	fu irent

Futur simple
je	fuir ai
tu	fuir as
il	fuir a
nous	fuir ons
vous	fuir ez
ils	fuir ont

Passé composé
j'	ai	fui
tu	as	fui
il	a	fui
nous	avons	fui
vous	avez	fui
ils	ont	fui

Plus-que-parfait
j'	avais	fui
tu	avais	fui
il	avait	fui
nous	avions	fui
vous	aviez	fui
ils	avaient	fui

Passé antérieur
j'	eus	fui
tu	eus	fui
il	eut	fui
nous	eûmes	fui
vous	eûtes	fui
ils	eurent	fui

Futur antérieur
j'	aurai	fui
tu	auras	fui
il	aura	fui
nous	aurons	fui
vous	aurez	fui
ils	auront	fui

SUBJONCTIF

Présent
que je	fui e
que tu	fui es
qu'il	fui e
que nous	fuy ions
que vous	fuy iez
qu'ils	fui ent

Imparfait
que je	fui sse
que tu	fui sses
qu'il	fuî t
que nous	fui ssions
que vous	fui ssiez
qu'ils	fui ssent

Passé
que j'	aie	fui
que tu	aies	fui
qu'il	ait	fui
que nous	ayons	fui
que vous	ayez	fui
qu'ils	aient	fui

Plus-que-parfait
que j'	eusse	fui
que tu	eusses	fui
qu'il	eût	fui
que nous	eussions	fui
que vous	eussiez	fui
qu'ils	eussent	fui

CONDITIONNEL

Présent
je	fuir ais
tu	fuir ais
il	fuir ait
nous	fuir ions
vous	fuir iez
ils	fuir aient

Passé 1re forme
j'	aurais	fui
tu	aurais	fui
il	aurait	fui
nous	aurions	fui
vous	auriez	fui
ils	auraient	fui

Passé 2e forme
j'	eusse	fui
tu	eusses	fui
il	eût	fui
nous	eussions	fui
vous	eussiez	fui
ils	eussent	fui

PARTICIPE

Présent	Passé
fuyant	fui
	ayant fui

INFINITIF

Présent	Passé
fuir	avoir fui

IMPERATIF

Présent	Passé	
fuis	aie	fui
fuyons	ayons	fui
fuyez	ayez	fui

Assaillir

défaillir, saillir, tressaillir

表 33

INDICATIF

Présent

j'	assaill	e
tu	assaill	es
il	assaill	e
nous	assaill	ons
vous	assaill	ez
ils	assaill	ent

Passé composé

j'	ai	assailli
tu	as	assailli
il	a	assailli
nous	avons	assailli
vous	avez	assailli
ils	ont	assailli

Imparfait

j'	assaill	ais
tu	assaill	ais
il	assaill	ait
nous	assaill	ions
vous	assaill	iez
ils	assaill	aient

Plus-que-parfait

j'	avais	assailli
tu	avais	assailli
il	avait	assailli
nous	avions	assailli
vous	aviez	assailli
ils	avaient	assailli

Passé simple

j'	assaill	is
tu	assaill	is
il	assaill	it
nous	assaill	îmes
vous	assaill	îtes
ils	assaill	irent

Passé antérieur

j'	eus	assailli
tu	eus	assailli
il	eut	assailli
nous	eûmes	assailli
vous	eûtes	assailli
ils	eurent	assailli

Futur simple

j'	assaillir	ai
tu	assaillir	as
il	assaillir	a
nous	assaillir	ons
vous	assaillir	ez
ils	assaillir	ont

Futur antérieur

j'	aurai	assailli
tu	auras	assailli
il	aura	assailli
nous	aurons	assailli
vous	aurez	assailli
ils	auront	assailli

SUBJONCTIF

Présent

que j'	assaill	e
que tu	assaill	es
qu'il	assaill	e
que nous	assaill	ions
que vous	assaill	iez
qu'ils	assaill	ent

Imparfait

que j'	assailli	sse
que tu	assailli	sses
qu'il	assaillî	t
que nous	assailli	ssions
que vous	assailli	ssiez
qu'ils	assailli	ssent

Passé

que j'	aie	assailli
que tu	aies	assailli
qu'il	ait	assailli
que nous	ayons	assailli
que vous	ayez	assailli
qu'ils	aient	assailli

Plus-que-parfait

que j'	eusse	assailli
que tu	eusses	assailli
qu'il	eût	assailli
que nous	eussions	assailli
que vous	eussiez	assailli
qu'ils	eussent	assailli

CONDITIONNEL

Présent

j'	assaillir	ais
tu	assaillir	ais
il	assaillir	ait
nous	assaillir	ions
vous	assaillir	iez
ils	assaillir	aient

Passé 1re forme

j'	aurais	assailli
tu	aurais	assailli
il	aurait	assailli
nous	aurions	assailli
vous	auriez	assailli
ils	auraient	assailli

Passé 2e forme

j'	eusse	assailli
tu	eusses	assailli
il	eût	assailli
nous	eussions	assailli
vous	eussiez	assailli
ils	eussent	assailli

PARTICIPE

Présent	Passé
assaillant	assailli
	ayant assailli

INFINITIF

Présent	Passé
assaillir	avoir assailli

IMPERATIF

Présent	Passé
assaille	aie assailli
assaillons	ayons assailli
assaillez	ayez assailli

Faillir[1]

屬第二組規則動詞表 18 finir，但多一種變化形式　　表 34

INDICATIF

Présent

je	failli s
tu	failli s
il	failli t
nous	failli ssons
vous	failli ssez
ils	failli ssent

Passé composé

j'	ai	failli
tu	as	failli
il	a	failli
nous	avons	failli
vous	avez	failli
ils	ont	failli

Imparfait

je	failliss ais
tu	failliss ais
il	failliss ait
nous	failliss ions
vous	failliss iez
ils	failliss aient

Plus-que-parfait

j'	avais	failli
tu	avais	failli
il	avait	failli
nous	avions	failli
vous	aviez	failli
ils	avaient	failli

Passé simple

je	faill is
tu	faill is
il	faill it
nous	faill îmes
vous	faill îtes
ils	faill irent

Passé antérieur

j'	eus	failli
tu	eus	failli
il	eut	failli
nous	eûmes	failli
vous	eûtes	failli
ils	eurent	failli

Futur simple

je	faillir ai
tu	faillir as
il	faillir a
nous	faillir ons
vous	faillir ez
ils	faillir ont

Futur antérieur

j'	aurai	failli
tu	auras	failli
il	aura	failli
nous	aurons	failli
vous	aurez	failli
ils	auront	failli

SUBJONCTIF

Présent

que je	failliss e
que tu	failliss es
qu'il	failliss e
que nous	failliss ions
que vous	failliss iez
qu'ils	failliss ent

Imparfait

que je	failli sse
que tu	failli sses
qu'il	failli t
que nous	failli ssions
que vous	failli ssiez
qu'ils	failli ssent

Passé

que j'	aie	failli
que tu	aies	failli
qu'il	ait	failli
que nous	ayons	failli
que vous	ayez	failli
qu'ils	aient	failli

Plus-que-parfait

que j'	eusse	failli
que tu	eusses	failli
qu'il	eût	failli
que nous	eussions	failli
que vous	eussiez	failli
qu'ils	eussent	failli

CONDITIONNEL

Présent

je	faillir ais
tu	faillir ais
il	faillir ait
nous	faillir ions
vous	faillir iez
ils	faillir aient

Passé 1re forme

j'	aurais	failli
tu	aurais	failli
il	aurait	failli
nous	aurions	failli
vous	auriez	failli
ils	auraient	failli

Passé 2e forme

j'	eusse	failli
tu	eusses	failli
il	eût	failli
nous	eussions	failli
vous	eussiez	failli
ils	eussent	failli

PARTICIPE

Présent　Passé

faillissant　failli
　　　　　　ayant failli

INFINITIF

Présent　Passé

faillir　avoir failli

IMPERATIF

Présent　Passé

faillis	aie	failli
faillissons	ayons	failli
faillissez	ayez	failli

Faillir[2]

罕用動詞變化　　　　　　　　　　　　　　　　　　　　　　　表35

INDICATIF | SUBJONCTIF

Présent

je	faux		que je	faille
tu	faux		que tu	failles
il	faut		qu'il	faille
nous	faillons		que nous	faillions
vous	faillez		que vous	failliez
ils	faillent		qu'ils	faillent

Passé composé (Indicatif) / Présent (Subjonctif — ci-dessus)

j'	ai	failli
tu	as	failli
il	a	failli
nous	avons	failli
vous	avez	failli
ils	ont	failli

Imparfait

je	faillais		que je	faillisse
tu	faillais		que tu	faillisses
il	faillait		qu'il	faillît
nous	faillions		que nous	faillissions
vous	failliez		que vous	faillissiez
ils	faillaient		qu'ils	faillissent

Plus-que-parfait (Indicatif)

j'	avais	failli
tu	avais	failli
il	avait	failli
nous	avions	failli
vous	aviez	failli
ils	avaient	failli

Passé simple | Passé (Subjonctif)

je	faillis		que j'	aie failli
tu	faillis		que tu	aies failli
il	faillit		qu'il	ait failli
nous	faillîmes		que nous	ayons failli
vous	faillîtes		que vous	ayez failli
ils	faillirent		qu'ils	aient failli

Passé antérieur

j'	eus	failli
tu	eus	failli
il	eut	failli
nous	eûmes	failli
vous	eûtes	failli
ils	eurent	failli

Futur simple | Plus-que-parfait (Subjonctif)

je	faudrai		que j'	eusse failli
tu	faudras		que tu	eusses failli
il	faudra		qu'il	eût failli
nous	faudrons		que nous	eussions failli
vous	faudrez		que vous	eussiez failli
ils	faudront		qu'ils	eussent failli

Futur antérieur

j'	aurai	failli
tu	auras	failli
il	aura	failli
nous	aurons	failli
vous	aurez	failli
ils	auront	failli

CONDITIONNEL

Présent | Passé 1re forme | Passé 2e forme

je	faudrais		j'	aurais failli		j'	eusse failli
tu	faudrais		tu	aurais failli		tu	eusses failli
il	faudrait		il	aurait failli		il	eût failli
nous	faudrions		nous	aurions failli		nous	eussions failli
vous	faudriez		vous	auriez failli		vous	eussiez failli
ils	faudraient		ils	auraient failli		ils	eussent failli

PARTICIPE | INFINITIF | IMPERATIF

Présent | Passé

faillant | failli | faillir | avoir failli
        | ayant failli

Asseoir[1]

表36

INDICATIF

Présent

j'	assied s
tu	assied s
il	assied
nous	assey ons
vous	assey ez
ils	assey ent

Imparfait

j'	assey ais
tu	assey ais
il	assey ait
nous	assey ions
vous	assey iez
ils	assey aient

Passé simple

j'	ass is
tu	ass is
il	ass it
nous	ass îmes
vous	ass îtes
ils	ass irent

Futur simple

j'	assiér ai
tu	assiér as
il	assiér a
nous	assiér ons
vous	assiér ez
ils	assiér ont

Passé composé

j'	ai	assis
tu	as	assis
il	a	assis
nous	avons	assis
vous	avez	assis
ils	ont	assis

Plus-que-parfait

j'	avais	assis
tu	avais	assis
il	avait	assis
nous	avions	assis
vous	aviez	assis
ils	avaient	assis

Passé antérieur

j'	eus	assis
tu	eus	assis
il	eut	assis
nous	eûmes	assis
vous	eûtes	assis
ils	eurent	assis

Futur antérieur

j'	aurai	assis
tu	auras	assis
il	aura	assis
nous	aurons	assis
vous	aurez	assis
ils	auront	assis

SUBJONCTIF

Présent

que j'	assey e
que tu	assey es
qu'il	assey e
que nous	assey ions
que vous	assey iez
qu'ils	assey ent

Imparfait

que j'	assi sse
que tu	assi sses
qu'il	assî t
que nous	assi ssions
que vous	assi ssiez
qu'ils	assi ssent

Passé

que j'	aie	assis
que tu	aies	assis
qu'il	ait	assis
que nous	ayons	assis
que vous	ayez	assis
qu'ils	aient	assis

Plus-que-parfait

que j'	eusse	assis
que tu	eusses	assis
qu'il	eût	assis
que nous	eussions	assis
que vous	eussiez	assis
qu'ils	eussent	assis

CONDITIONNEL

Présent

j'	assiér ais
tu	assiér ais
il	assiér ait
nous	assiér ions
vous	assiér iez
ils	assiér aient

Passé 1re forme

j'	aurais	assis
tu	aurais	assis
il	aurait	assis
nous	aurions	assis
vous	auriez	assis
ils	auraient	assis

Passé 2e forme

j'	eusse	assis
tu	eusses	assis
il	eût	assis
nous	eussions	assis
vous	eussiez	assis
ils	eussent	assis

PARTICIPE

Présent	Passé
asseyant	assis
	ayant assis

INFINITIF

Présent	Passé
asseoir	avoir assis

IMPERATIF

Présent	Passé	
assieds	aie	assis
asseyons	ayons	assis
asseyez	ayez	assis

Asseoir[2]

表37

INDICATIF

Présent

j'   assoi s
tu   assoi s
il   assoi t
nous   assoy ons
vous   assoy ez
ils   assoi ent

Imparfait

j'   assoy ais
tu   assoy ais
il   assoy ait
nous   assoy ions
vous   assoy iez
ils   assoy aient

Passé simple

Futur simple

j'   assoir ai
tu   assoir as
il   assoir a
nous   assoir ons
vous   assoir ez
ils   assoir ont

Passé composé

Plus-que-parfait

Passé antérieur

Futur antérieur

SUBJONCTIF

Présent

que j'   assoi e
que tu   assoi es
qu'il   assoi e
que nous   assoy ions
que vous   assoy iez
qu'ils   assoi ent

Imparfait

Passé

Plus-que-parfait

CONDITIONNEL

Présent

j'   assoir ais
tu   assoir ais
il   assoir ait
nous   assoir ions
vous   assoir iez
ils   assoir aient

Passé 1re forme

Passé 2e forme

PARTICIPE

Présent   Passé

assoyant

INFINITIF

Présent   Passé

IMPERATIF

Présent   Passé

assois
assoyons
assoyez

Recevoir

apercevoir, concevoir, etc.

表 38

INDICATIF

Présent

je	reçoi s
tu	reçoi s
il	reçoi t
nous	recev ons
vous	recev ez
ils	reçoiv ent

Imparfait

je	recev ais
tu	recev ais
il	recev ait
nous	recev ions
vous	recev iez
ils	recev aient

Passé simple

je	reç us
tu	reç us
il	reç ut
nous	reç ûmes
vous	reç ûtes
ils	reç urent

Futur simple

je	recevr ai
tu	recevr as
il	recevr a
nous	recevr ons
vous	recevr ez
ils	recevr ont

Passé composé

j'	ai	reçu
tu	as	reçu
il	a	reçu
nous	avons	reçu
vous	avez	reçu
ils	ont	reçu

Plus-que-parfait

j'	avais	reçu
tu	avais	reçu
il	avait	reçu
nous	avions	reçu
vous	aviez	reçu
ils	avaient	reçu

Passé antérieur

j'	eus	reçu
tu	eus	reçu
il	eut	reçu
nous	eûmes	reçu
vous	eûtes	reçu
ils	eurent	reçu

Futur antérieur

j'	aurai	reçu
tu	auras	reçu
il	aura	reçu
nous	aurons	reçu
vous	aurez	reçu
ils	auront	reçu

SUBJONCTIF

Présent

que je	reçoiv e
que tu	reçoiv es
qu'il	reçoiv e
que nous	recev ions
que vous	recev iez
qu'ils	reçoiv ent

Imparfait

que je	reçu sse
que tu	reçu sses
qu'il	reçû t
que nous	reçu ssions
que vous	reçu ssiez
qu'ils	reçu ssent

Passé

que j'	aie	reçu
que tu	aies	reçu
qu'il	ait	reçu
que nous	ayons	reçu
que vous	ayez	reçu
qu'ils	aient	reçu

Plus-que-parfait

que j'	eusse	reçu
que tu	eusses	reçu
qu'il	eût	reçu
que nous	eussions	reçu
que vous	eussiez	reçu
qu'ils	eussent	reçu

CONDITIONNEL

Présent

je	recevr ais
tu	recevr ais
il	recevr ait
nous	recevr ions
vous	recevr iez
ils	recevr aient

Passé 1re forme

j'	aurais	reçu
tu	aurais	reçu
il	aurait	reçu
nous	aurions	reçu
vous	auriez	reçu
ils	auraient	reçu

Passé 2e forme

j'	eusse	reçu
tu	eusses	reçu
il	eût	reçu
nous	eussions	reçu
vous	eussiez	reçu
ils	eussent	reçu

PARTICIPE

Présent   Passé

recevant   reçu
           ayant reçu

INFINITIF

Présent   Passé

recevoir   avoir reçu

IMPERATIF

Présent   Passé

reçois	aie	reçu
recevons	ayons	reçu
recevez	ayez	reçu

Pleuvoir

Verbe impersonnel
複數形式極其少見，僅出現在詩歌中

表 39

INDICATIF

Présent

| il | pleu t |
| ils | pleuv ent |

Imparfait

| il | pleuv ait |
| ils | pleuv aient |

Passé simple

| il | pl ut |
| ils | pl urent |

Futur simple

| il | pleuvr a |
| ils | pleuvr ont |

Passé composé

| il | a | plu |
| ils | ont | plu |

Plus-que-parfait

| il | avait | plu |
| ils | avaient | plu |

Passé antérieur

| il | eut | plu |
| ils | eurent | plu |

Futur antérieur

| il | aura | plu |
| ils | auront | plu |

SUBJONCTIF

Présent

| qu'il | pleuv e |
| qu'ils | pleuv ent |

Imparfait

| qu'il | plû t |
| qu'ils | plu ssent |

Passé

| qu'il | ait | plu |
| qu'ils | aient | plu |

Plus-que-parfait

| qu'il | eût | plu |
| qu'ils | eussent | plu |

CONDITIONNEL

Présent

| il | pleuvr ait |
| ils | pleuvr aient |

Passé 1re forme

| il | aurait | plu |
| ils | auraient | plu |

Passé 2e forme

| il | eût | plu |
| ils | eussent | plu |

PARTICIPE

Présent **Passé**

pleuvant plu
         ayant plu

INFINITIF

Présent **Passé**

pleuvoir avoir plu

IMPERATIF

Falloir

Verbe impersonnel 表40

INDICATIF

Présent
il faut

Imparfait
il fallait

Passé simple
il fallut

Futur simple
il faudra

Passé composé
il a fallu

Plus-que-parfait
il avait fallu

Passé antérieur
il eut fallu

Futur antérieur
il aura fallu

SUBJONCTIF

Présent
qu'il faille

Imparfait
qu'il fallût

Passé
qu'il ait fallu

Plus-que-parfait
qu'il eût fallu

CONDITIONNEL

Présent
il faudrait

Passé 1re forme
il aurait fallu

Passé 2e forme
il eût fallu

PARTICIPE

Présent **Passé**
fallu

INFINITIF

Présent **Passé**
falloir

IMPERATIF

Valoir

équivaloir, prévaloir, revaloir

INDICATIF

Présent

je	vau x
tu	vau x
il	vau t
nous	val ons
vous	val ez
ils	val ent

Passé composé

j'	ai	valu
tu	as	valu
il	a	valu
nous	avons	valu
vous	avez	valu
ils	ont	valu

Imparfait

je	val ais
tu	val ais
il	val ait
nous	val ions
vous	val iez
ils	val aient

Plus-que-parfait

j'	avais	valu
tu	avais	valu
il	avait	valu
nous	avions	valu
vous	aviez	valu
ils	avaient	valu

Passé simple

je	val us
tu	val us
il	val ut
nous	val ûmes
vous	val ûtes
ils	val urent

Passé antérieur

j'	eus	valu
tu	eus	valu
il	eut	valu
nous	eûmes	valu
vous	eûtes	valu
ils	eurent	valu

Futur simple

je	vaudr ai
tu	vaudr as
il	vaudr a
nous	vaudr ons
vous	vaudr ez
ils	vaudr ont

Futur antérieur

j'	aurai	valu
tu	auras	valu
il	aura	valu
nous	aurons	valu
vous	aurez	valu
ils	auront	valu

SUBJONCTIF

Présent

que je	vaill e
que tu	vaill es
qu'il	vaill e
que nous	val ions
que vous	val iez
qu'ils	vaill ent

Imparfait

que je	valu sse
que tu	valu sses
qu'il	valû t
que nous	valu ssions
que vous	valu ssiez
qu'ils	valu ssent

Passé

que j'	aie	valu
que tu	aies	valu
qu'il	ait	valu
que nous	ayons	valu
que vous	ayez	valu
qu'ils	aient	valu

Plus-que-parfait

que j'	eusse	valu
que tu	eusses	valu
qu'il	eût	valu
que nous	eussions	valu
que vous	eussiez	valu
qu'ils	eussent	valu

CONDITIONNEL

Présent

je	vaudr ais
tu	vaudr ais
il	vaudr ait
nous	vaudr ions
vous	vaudr iez
ils	vaudr aient

Passé 1re forme

j'	aurais	valu
tu	aurais	valu
il	aurait	valu
nous	aurions	valu
vous	auriez	valu
ils	auraient	valu

Passé 2e forme

j'	eusse	valu
tu	eusses	valu
il	eût	valu
nous	eussions	valu
vous	eussiez	valu
ils	eussent	valu

PARTICIPE

Présent **Passé**

valant valu
ayant valu

INFINITIF

Présent **Passé**

valoir avoir valu

IMPERATIF

Présent **Passé**

vaux	aie	valu
valons	ayons	valu
valez	ayez	valu

Vouloir

表 42

INDICATIF

Présent

je	veu	x
tu	veu	x
il	veu	t
nous	voul	ons
vous	voul	ez
ils	veul	ent

Imparfait

je	voul	ais
tu	voul	ais
il	voul	ait
nous	voul	ions
vous	voul	iez
ils	voul	aient

Passé simple

je	voul	us
tu	voul	us
il	voul	ut
nous	voul	ûmes
vous	voul	ûtes
ils	voul	urent

Futur simple

je	voudr	ai
tu	voudr	as
il	voudr	a
nous	voudr	ons
vous	voudr	ez
ils	voudr	ont

Passé composé

j'	ai	voulu
tu	as	voulu
il	a	voulu
nous	avons	voulu
vous	avez	voulu
ils	ont	voulu

Plus-que-parfait

j'	avais	voulu
tu	avais	voulu
il	avait	voulu
nous	avions	voulu
vous	aviez	voulu
ils	avaient	voulu

Passé antérieur

j'	eus	voulu
tu	eus	voulu
il	eut	voulu
nous	eûmes	voulu
vous	eûtes	voulu
ils	eurent	voulu

Futur antérieur

j'	aurai	voulu
tu	auras	voulu
il	aura	voulu
nous	aurons	voulu
vous	aurez	voulu
ils	auront	voulu

SUBJONCTIF

Présent

que je	veuill	e
que tu	veuill	es
qu'il	veuill	e
que nous	voul	ions
que vous	voul	iez
qu'ils	veuill	ent

Imparfait

que je	voulu	sse
que tu	voulu	sses
qu'il	voulû	t
que nous	voulu	ssions
que vous	voulu	ssiez
qu'ils	voulu	ssent

Passé

que j'	aie	voulu
que tu	aies	voulu
qu'il	ait	voulu
que nous	ayons	voulu
que vous	ayez	voulu
qu'ils	aient	voulu

Plus-que-parfait

que j'	eusse	voulu
que tu	eusses	voulu
qu'il	eût	voulu
que nous	eussions	voulu
que vous	eussiez	voulu
qu'ils	eussent	voulu

CONDITIONNEL

Présent

je	voudr	ais
tu	voudr	ais
il	voudr	ait
nous	voudr	ions
vous	voudr	iez
ils	voudr	aient

Passé 1re forme

j'	aurais	voulu
tu	aurais	voulu
il	aurait	voulu
nous	aurions	voulu
vous	auriez	voulu
ils	auraient	voulu

Passé 2e forme

j'	eusse	voulu
tu	eusses	voulu
il	eût	voulu
nous	eussions	voulu
vous	eussiez	voulu
ils	eussent	voulu

PARTICIPE

Présent	Passé
voulant	voulu
	ayant voulu

INFINITIF

Présent	Passé
vouloir	avoir voulu

IMPERATIF

Présent	Passé
veux (veuille)	aie voulu
voulons	ayons voulu
voulez (veuillez)	ayez voulu

Pourvoir

INDICATIF

Présent

je	pourvoi s
tu	pourvoi s
il	pourvoi t
nous	pourvoy ons
vous	pourvoy ez
ils	pourvoi ent

Passé composé

j'	ai	pourvu
tu	as	pourvu
il	a	pourvu
nous	avons	pourvu
vous	avez	pourvu
ils	ont	pourvu

Imparfait

je	pourvoy ais
tu	pourvoy ais
il	pourvoy ait
nous	pourvoy ions
vous	pourvoy iez
ils	pourvoy aient

Plus-que-parfait

j'	avais	pourvu
tu	avais	pourvu
il	avait	pourvu
nous	avions	pourvu
vous	aviez	pourvu
ils	avaient	pourvu

Passé simple

je	pourv us
tu	pourv us
il	pourv ut
nous	pourv ûmes
vous	pourv ûtes
ils	pourv urent

Passé antérieur

j'	eus	pourvu
tu	eus	pourvu
il	eut	pourvu
nous	eûmes	pourvu
vous	eûtes	pourvu
ils	eurent	pourvu

Futur simple

je	pourvoir ai
tu	pourvoir as
il	pourvoir a
nous	pourvoir ons
vous	pourvoir ez
ils	pourvoir ont

Futur antérieur

j'	aurai	pourvu
tu	auras	pourvu
il	aura	pourvu
nous	aurons	pourvu
vous	aurez	pourvu
ils	auront	pourvu

SUBJONCTIF

Présent

que je	pourvoi e
que tu	pourvoi es
qu'il	pourvoi e
que nous	pourvoy ions
que vous	pourvoy iez
qu'ils	pourvoi ent

Imparfait

que je	pourvu sse
que tu	pourvu sses
qu'il	pourvû t
que nous	pourvu ssions
que vous	pourvu ssiez
qu'ils	pourvu ssent

Passé

que j'	aie	pourvu
que tu	aies	pourvu
qu'il	ait	pourvu
que nous	ayons	pourvu
que vous	ayez	pourvu
qu'ils	aient	pourvu

Plus-que-parfait

que j'	eusse	pourvu
que tu	eusses	pourvu
qu'il	eût	pourvu
que nous	eussions	pourvu
que vous	eussiez	pourvu
qu'ils	eussent	pourvu

CONDITIONNEL

Présent

je	pourvoir ais
tu	pourvoir ais
il	pourvoir ait
nous	pourvoir ions
vous	pourvoir iez
ils	pourvoir aient

Passé 1re forme

j'	aurais	pourvu
tu	aurais	pourvu
il	aurait	pourvu
nous	aurions	pourvu
vous	auriez	pourvu
ils	auraient	pourvu

Passé 2e forme

j'	eusse	pourvu
tu	eusses	pourvu
il	eût	pourvu
nous	eussions	pourvu
vous	eussiez	pourvu
ils	eussent	pourvu

PARTICIPE

Présent
pourvoyant

Passé
pourvu
ayant pourvu

INFINITIF

Présent
pourvoir

Passé
avoir pourvu

IMPERATIF

Présent
pourvois
pourvoyons
pourvoyez

Passé
aie pourvu
ayons pourvu
ayez pourvu

Pouvoir

表 44

INDICATIF

Présent

je	peu	x ; puis
tu	peu	x
il	peu	t
nous	pouv	ons
vous	pouv	ez
ils	peuv	ent

Passé composé

j'	ai	pu
tu	as	pu
il	a	pu
nous	avons	pu
vous	avez	pu
ils	ont	pu

Imparfait

je	pouv	ais
tu	pouv	ais
il	pouv	ait
nous	pouv	ions
vous	pouv	iez
ils	pouv	aient

Plus-que-parfait

j'	avais	pu
tu	avais	pu
il	avait	pu
nous	avions	pu
vous	aviez	pu
ils	avaient	pu

Passé simple

je	p	us
tu	p	us
il	p	ut
nous	p	ûmes
vous	p	ûtes
ils	p	urent

Passé antérieur

j'	eus	pu
tu	eus	pu
il	eut	pu
nous	eûmes	pu
vous	eûtes	pu
ils	eurent	pu

Futur simple

je	pourr	ai
tu	pourr	as
il	pourr	a
nous	pourr	ons
vous	pourr	ez
ils	pourr	ont

Futur antérieur

j'	aurai	pu
tu	auras	pu
il	aura	pu
nous	aurons	pu
vous	aurez	pu
ils	auront	pu

SUBJONCTIF

Présent

que je	puiss	e
que tu	puiss	es
qu'il	puiss	e
que nous	puiss	ions
que vous	puiss	iez
qu'ils	puiss	ent

Imparfait

que je	pu	sse
que tu	pu	sses
qu'il	pû	t
que nous	pu	ssions
que vous	pu	ssiez
qu'ils	pu	ssent

Passé

que j'	aie	pu
que tu	aies	pu
qu'il	ait	pu
que nous	ayons	pu
que vous	ayez	pu
qu'ils	aient	pu

Plus-que-parfait

que j'	eusse	pu
que tu	eusses	pu
qu'il	eût	pu
que nous	eussions	pu
que vous	eussiez	pu
qu'ils	eussent	pu

CONDITIONNEL

Présent

je	pourr	ais
tu	pourr	ais
il	pourr	ait
nous	pourr	ions
vous	pourr	iez
ils	pourr	aient

Passé 1re forme

j'	aurais	pu
tu	aurais	pu
il	aurait	pu
nous	aurions	pu
vous	auriez	pu
ils	auraient	pu

Passé 2e forme

j'	eusse	pu
tu	eusses	pu
il	eût	pu
nous	eussions	pu
vous	eussiez	pu
ils	eussent	pu

PARTICIPE

Présent   **Passé**

pouvant   pu
          ayant pu

INFINITIF

Présent   **Passé**

pouvoir   avoir pu

IMPERATIF

Devoir

INDICATIF

Présent

je	doi s
tu	doi s
il	doi t
nous	dev ons
vous	dev ez
ils	doiv ent

Imparfait

je	dev ais
tu	dev ais
il	dev ait
nous	dev ions
vous	dev iez
ils	dev aient

Passé simple

je	d us
tu	d us
il	d ut
nous	d ûmes
vous	d ûtes
ils	d urent

Futur simple

je	devr ai
tu	devr as
il	devr a
nous	devr ons
vous	devr ez
ils	devr ont

Passé composé

j'	ai	dû
tu	as	dû
il	a	dû
nous	avons	dû
vous	avez	dû
ils	ont	dû

Plus-que-parfait

j'	avais	dû
tu	avais	dû
il	avait	dû
nous	avions	dû
vous	aviez	dû
ils	avaient	dû

Passé antérieur

j'	eus	dû
tu	eus	dû
il	eut	dû
nous	eûmes	dû
vous	eûtes	dû
ils	eurent	dû

Futur antérieur

j'	aurai	dû
tu	auras	dû
il	aura	dû
nous	aurons	dû
vous	aurez	dû
ils	auront	dû

SUBJONCTIF

Présent

que je	doiv e
que tu	doiv es
qu'il	doiv e
que nous	dev ions
que vous	dev iez
qu'ils	doiv ent

Imparfait

que je	du sse
que tu	du sses
qu'il	dû t
que nous	du ssions
que vous	du ssiez
qu'ils	du ssent

Passé

que j'	aie	dû
que tu	aies	dû
qu'il	ait	dû
que nous	ayons	dû
que vous	ayez	dû
qu'ils	aient	dû

Plus-que-parfait

que j'	eusse	dû
que tu	eusses	dû
qu'il	eût	dû
que nous	eussions	dû
que vous	eussiez	dû
qu'ils	eussent	dû

CONDITIONNEL

Présent

je	devr ais
tu	devr ais
il	devr ait
nous	devr ions
vous	devr iez
ils	devr aient

Passé 1re forme

j'	aurais	dû
tu	aurais	dû
il	aurait	dû
nous	aurions	dû
vous	auriez	dû
ils	auraient	dû

Passé 2e forme

j'	eusse	dû
tu	eusses	dû
il	eût	dû
nous	eussions	dû
vous	eussiez	dû
ils	eussent	dû

PARTICIPE

Présent	Passé
devant	dû
	ayant dû

INFINITIF

| Présent | Passé |
| devoir | avoir dû |

IMPERATIF

Présent	Passé
dois	aie	dû
devons	ayons	dû
devez	ayez	dû

Savoir

表46

INDICATIF

Présent

je	sai s
tu	sai s
il	sai t
nous	sav ons
vous	sav ez
ils	sav ent

Imparfait

je	sav ais
tu	sav ais
il	sav ait
nous	sav ions
vous	sav iez
ils	sav aient

Passé simple

je	s us
tu	s us
il	s ut
nous	s ûmes
vous	s ûtes
ils	s urent

Futur simple

je	saur ai
tu	saur as
il	saur a
nous	saur ons
vous	saur ez
ils	saur ont

Passé composé

j'	ai	su
tu	as	su
il	a	su
nous	avons	su
vous	avez	su
ils	ont	su

Plus-que-parfait

j'	avais	su
tu	avais	su
il	avait	su
nous	avions	su
vous	aviez	su
ils	avaient	su

Passé antérieur

j'	eus	su
tu	eus	su
il	eut	su
nous	eûmes	su
vous	eûtes	su
ils	eurent	su

Futur antérieur

j'	aurai	su
tu	auras	su
il	aura	su
nous	aurons	su
vous	aurez	su
ils	auront	su

SUBJONCTIF

Présent

que je	sach e
que tu	sach es
qu'il	sach e
que nous	sach ions
que vous	sach iez
qu'ils	sach ent

Imparfait

que je	su sse
que tu	su sses
qu'il	sû t
que nous	su ssions
que vous	su ssiez
qu'ils	su ssent

Passé

que j'	aie	su
que tu	aies	su
qu'il	ait	su
que nous	ayons	su
que vous	ayez	su
qu'ils	aient	su

Plus-que-parfait

que j'	eusse	su
que tu	eusses	su
qu'il	eût	su
que nous	eussions	su
que vous	eussiez	su
qu'ils	eussent	su

CONDITIONNEL

Présent

je	saur ais
tu	saur ais
il	saur ait
nous	saur ions
vous	saur iez
ils	saur aient

Passé 1re forme

j'	aurais	su
tu	aurais	su
il	aurait	su
nous	aurions	su
vous	auriez	su
ils	auraient	su

Passé 2e forme

j'	eusse	su
tu	eusses	su
il	eût	su
nous	eussions	su
vous	eussiez	su
ils	eussent	su

PARTICIPE

Présent   Passé

sachant   su
          ayant su

INFINITIF

Présent   Passé

savoir   avoir su

IMPERATIF

Présent   Passé

sache	aie	su
sachons	ayons	su
sachez	ayez	su

Mouvoir

注意：émourvoir, promouvoir 的過去分詞分別為：ému, promu 表47

INDICATIF

Présent
je	meu	s
tu	meu	s
il	meu	t
nous	mouv	ons
vous	mouv	ez
ils	meuv	ent

Imparfait
je	mouv	ais
tu	mouv	ais
il	mouv	ait
nous	mouv	ions
vous	mouv	iez
ils	mouv	aient

Passé simple
je	m	us
tu	m	us
il	m	ut
nous	m	ûmes
vous	m	ûtes
ils	m	urent

Futur simple
je	mouvr	ai
tu	mouvr	as
il	mouvr	a
nous	mouvr	ons
vous	mouvr	ez
ils	mouvr	ont

Passé composé
j'	ai	mû
tu	as	mû
il	a	mû
nous	avons	mû
vous	avez	mû
ils	ont	mû

Plus-que-parfait
j'	avais	mû
tu	avais	mû
il	avait	mû
nous	avions	mû
vous	aviez	mû
ils	avaient	mû

Passé antérieur
j'	eus	mû
tu	eus	mû
il	eut	mû
nous	eûmes	mû
vous	eûtes	mû
ils	eurent	mû

Futur antérieur
j'	aurai	mû
tu	auras	mû
il	aura	mû
nous	aurons	mû
vous	aurez	mû
ils	auront	mû

SUBJONCTIF

Présent
que je	meuv	e
que tu	meuv	es
qu'il	meuv	e
que nous	mouv	ions
que vous	mouv	iez
qu'ils	meuv	ent

Imparfait
que je	mu	sse
que tu	mu	sses
qu'il	mû	t
que nous	mu	ssions
que vous	mu	ssiez
qu'ils	mu	ssent

Passé
que j'	aie	mû
que tu	aies	mû
qu'il	ait	mû
que nous	ayons	mû
que vous	ayez	mû
qu'ils	aient	mû

Plus-que-parfait
que j'	eusse	mû
que tu	eusses	mû
qu'il	eût	mû
que nous	eussions	mû
que vous	eussiez	mû
qu'ils	eussent	mû

CONDITIONNEL

Présent
je	mouvr	ais
tu	mouvr	ais
il	mouvr	ait
nous	mouvr	ions
vous	mouvr	iez
ils	mouvr	aient

Passé 1re forme
j'	aurais	mû
tu	aurais	mû
il	aurait	mû
nous	aurions	mû
vous	auriez	mû
ils	auraient	mû

Passé 2e forme
j'	eusse	mû
tu	eusses	mû
il	eût	mû
nous	eussions	mû
vous	eussiez	mû
ils	eussent	mû

PARTICIPE

Présent	Passé
mouvant	mû
	ayant mû

INFINITIF

Présent	Passé
mouvoir	avoir mû

IMPERATIF

Présent	Passé	
meus	aie	mû
mouvons	ayons	mû
mouvez	ayez	mû

Voir

entrevoir, prévoir, revoir

INDICATIF

Présent
je	voi s
tu	voi s
il	voi t
nous	voy ons
vous	voy ez
ils	voi ent

Passé composé
j'	ai	vu
tu	as	vu
il	a	vu
nous	avons	vu
vous	avez	vu
ils	ont	vu

Imparfait
je	voy ais
tu	voy ais
il	voy ait
nous	voy ions
vous	voy iez
ils	voy aient

Plus-que-parfait
j'	avais	vu
tu	avais	vu
il	avait	vu
nous	avions	vu
vous	aviez	vu
ils	avaient	vu

Passé simple
je	v is
tu	v is
il	v it
nous	v îmes
vous	v îtes
ils	v irent

Passé antérieur
j'	eus	vu
tu	eus	vu
il	eut	vu
nous	eûmes	vu
vous	eûtes	vu
ils	eurent	vu

Futur simple
je	verr ai
tu	verr as
il	verr a
nous	verr ons
vous	verr ez
ils	verr ont

Futur antérieur
j'	aurai	vu
tu	auras	vu
il	aura	vu
nous	aurons	vu
vous	aurez	vu
ils	auront	vu

SUBJONCTIF

Présent
que je	voi e
que tu	voi es
qu'il	voi e
que nous	voy ions
que vous	voy iez
qu'ils	voi ent

Imparfait
que je	vi sse
que tu	vi sses
qu'il	vî t
que nous	vi ssions
que vous	vi ssiez
qu'ils	vi ssent

Passé
que j'	aie	vu
que tu	aies	vu
qu'il	ait	vu
que nous	ayons	vu
que vous	ayez	vu
qu'ils	aient	vu

Plus-que-parfait
que j'	eusse	vu
que tu	eusses	vu
qu'il	eût	vu
que nous	eussions	vu
que vous	eussiez	vu
qu'ils	eussent	vu

CONDITIONNEL

Présent
je	verr ais
tu	verr ais
il	verr ait
nous	verr ions
vous	verr iez
ils	verr aient

Passé 1re forme
j'	aurais	vu
tu	aurais	vu
il	aurait	vu
nous	aurions	vu
vous	auriez	vu
ils	auraient	vu

Passé 2e forme
j'	eusse	vu
tu	eusses	vu
il	eût	vu
nous	eussions	vu
vous	eussiez	vu
ils	eussent	vu

PARTICIPE

Présent	Passé
voyant	vu
	ayant vu

INFINITIF

Présent	Passé
voir	avoir vu

IMPERATIF

Présent	Passé	
vois	aie	vu
voyons	ayons	vu
voyez	ayez	vu

Surseoir

表 49

INDICATIF

Présent

je	sursoi s
tu	sursoi s
il	sursoi t
nous	sursoy ons
vous	sursoy ez
ils	sursoi ent

Passé composé

j'	ai	sursis
tu	as	sursis
il	a	sursis
nous	avons	sursis
vous	avez	sursis
ils	ont	sursis

Imparfait

je	sursoy ais
tu	sursoy ais
il	sursoy ait
nous	sursoy ions
vous	sursoy iez
ils	sursoy aient

Plus-que-parfait

j'	avais	sursis
tu	avais	sursis
il	avait	sursis
nous	avions	sursis
vous	aviez	sursis
ils	avaient	sursis

Passé simple

je	surs is
tu	surs is
il	surs it
nous	surs îmes
vous	surs îtes
ils	surs irent

Passé antérieur

j'	eus	sursis
tu	eus	sursis
il	eut	sursis
nous	eûmes	sursis
vous	eûtes	sursis
ils	eurent	sursis

Futur simple

je	surseoir ai
tu	surseoir as
il	surseoir a
nous	surseoir ons
vous	surseoir ez
ils	surseoir ont

Futur antérieur

j'	aurai	sursis
tu	auras	sursis
il	aura	sursis
nous	aurons	sursis
vous	aurez	sursis
ils	auront	sursis

SUBJONCTIF

Présent

que je	sursoi e
que tu	sursoi es
qu'il	sursoi e
que nous	sursoy ions
que vous	sursoy iez
qu'ils	sursoi ent

Imparfait

que je	sursi sse
que tu	sursi sses
qu'il	sursî t
que nous	sursi ssions
que vous	sursi ssiez
qu'ils	sursi ssent

Passé

que j'	aie	sursis
que tu	aies	sursis
qu'il	ait	sursis
que nous	ayons	sursis
que vous	ayez	sursis
qu'ils	aient	sursis

Plus-que-parfait

que j'	eusse	sursis
que tu	eusses	sursis
qu'il	eût	sursis
que nous	eussions	sursis
que vous	eussiez	sursis
qu'ils	eussent	sursis

CONDITIONNEL

Présent

je	surseoir ais
tu	surseoir ais
il	surseoir ait
nous	surseoir ions
vous	surseoir iez
ils	surseoir aient

Passé 1re forme

j'	aurais	sursis
tu	aurais	sursis
il	aurait	sursis
nous	aurions	sursis
vous	auriez	sursis
ils	auraient	sursis

Passé 2e forme

j'	eusse	sursis
tu	eusses	sursis
il	eût	sursis
nous	eussions	sursis
vous	eussiez	sursis
ils	eussent	sursis

PARTICIPE

Présent
sursoyant

Passé
sursis
ayant sursis

INFINITIF

Présent
surseoir

Passé
avoir sursis

IMPERATIF

Présent
sursois
sursoyons
sursoyez

Passé
aie sursis
ayons sursis
ayez sursis

Rire

sourire   表 50

INDICATIF

Présent

je	ri s
tu	ri s
il	ri t
nous	ri ons
vous	ri ez
ils	ri ent

Passé composé

j'	ai	ri
tu	as	ri
il	a	ri
nous	avons	ri
vous	avez	ri
ils	ont	ri

Imparfait

je	ri ais
tu	ri ais
il	ri ait
nous	ri ions
vous	ri iez
ils	ri aient

Plus-que-parfait

j'	avais	ri
tu	avais	ri
il	avait	ri
nous	avions	ri
vous	aviez	ri
ils	avaient	ri

Passé simple

je	r is
tu	r is
il	r it
nous	r îmes
vous	r îtes
ils	r irent

Passé antérieur

j'	eus	ri
tu	eus	ri
il	eut	ri
nous	eûmes	ri
vous	eûtes	ri
ils	eurent	ri

Futur simple

je	rir ai
tu	rir as
il	rir a
nous	rir ons
vous	rir ez
ils	rir ont

Futur antérieur

j'	aurai	ri
tu	auras	ri
il	aura	ri
nous	aurons	ri
vous	aurez	ri
ils	auront	ri

SUBJONCTIF

Présent

que je	ri e
que tu	ri es
qu'il	ri e
que nous	ri ions
que vous	ri iez
qu'ils	ri ent

Imparfait

que je	ri sse
que tu	ri sses
qu'il	rî t
que nous	ri ssions
que vous	ri ssiez
qu'ils	ri ssent

Passé

que j'	aie	ri
que tu	aies	ri
qu'il	ait	ri
que nous	ayons	ri
que vous	ayez	ri
qu'ils	aient	ri

Plus-que-parfait

que j'	eusse	ri
que tu	eusses	ri
qu'il	eût	ri
que nous	eussions	ri
que vous	eussiez	ri
qu'ils	eussent	ri

CONDITIONNEL

Présent

je	rir ais
tu	rir ais
il	rir ait
nous	rir ions
vous	rir iez
ils	rir aient

Passé 1re forme

j'	aurais	ri
tu	aurais	ri
il	aurait	ri
nous	aurions	ri
vous	auriez	ri
ils	auraient	ri

Passé 2e forme

j'	eusse	ri
tu	eusses	ri
il	eût	ri
nous	eussions	ri
vous	eussiez	ri
ils	eussent	ri

PARTICIPE

Présent	Passé
riant	ri
	ayant ri

INFINITIF

Présent	Passé
rire	avoir ri

IMPERATIF

Présent	Passé	
ris	aie	ri
rions	ayons	ri
riez	ayez	ri

Prendre

apprendre, comprendre, surprendre, *etc.*

表 51

INDICATIF

Présent

je	prends
tu	prends
il	prend
nous	prenons
vous	prenez
ils	prennent

Passé composé

j'	ai	pris
tu	as	pris
il	a	pris
nous	avons	pris
vous	avez	pris
ils	ont	pris

Imparfait

je	prenais
tu	prenais
il	prenait
nous	prenions
vous	preniez
ils	prenaient

Plus-que-parfait

j'	avais	pris
tu	avais	pris
il	avait	pris
nous	avions	pris
vous	aviez	pris
ils	avaient	pris

Passé simple

je	pris
tu	pris
il	prit
nous	prîmes
vous	prîtes
ils	prirent

Passé antérieur

j'	eus	pris
tu	eus	pris
il	eut	pris
nous	eûmes	pris
vous	eûtes	pris
ils	eurent	pris

Futur simple

je	prendrai
tu	prendras
il	prendra
nous	prendrons
vous	prendrez
ils	prendront

Futur antérieur

j'	aurai	pris
tu	auras	pris
il	aura	pris
nous	aurons	pris
vous	aurez	pris
ils	auront	pris

SUBJONCTIF

Présent

que je	prenne
que tu	prennes
qu'il	prenne
que nous	prenions
que vous	preniez
qu'ils	prennent

Imparfait

que je	prisse
que tu	prisses
qu'il	prît
que nous	prissions
que vous	prissiez
qu'ils	prissent

Passé

que j'	aie	pris
que tu	aies	pris
qu'il	ait	pris
que nous	ayons	pris
que vous	ayez	pris
qu'ils	aient	pris

Plus-que-parfait

que j'	eusse	pris
que tu	eusses	pris
qu'il	eût	pris
que nous	eussions	pris
que vous	eussiez	pris
qu'ils	eussent	pris

CONDITIONNEL

Présent

je	prendrais
tu	prendrais
il	prendrait
nous	prendrions
vous	prendriez
ils	prendraient

Passé 1re forme

j'	aurais	pris
tu	aurais	pris
il	aurait	pris
nous	aurions	pris
vous	auriez	pris
ils	auraient	pris

Passé 2e forme

j'	eusse	pris
tu	eusses	pris
il	eût	pris
nous	eussions	pris
vous	eussiez	pris
ils	eussent	pris

PARTICIPE

Présent	Passé
prenant	pris
	ayant pris

INFINITIF

Présent	Passé
prendre	avoir pris

IMPERATIF

Présent	Passé	
prends	aie	pris
prenons	ayons	pris
prenez	ayez	pris

Mettre

admettre, commettre, promettre, etc.

表 52

INDICATIF

Présent

je	met s
tu	met s
il	met
nous	mett ons
vous	mett ez
ils	mett ent

Imparfait

je	mett ais
tu	mett ais
il	mett ait
nous	mett ions
vous	mett iez
ils	mett aient

Passé simple

je	m is
tu	m is
il	m it
nous	m îmes
vous	m îtes
ils	m irent

Futur simple

je	mettr ai
tu	mettr as
il	mettr a
nous	mettr ons
vous	mettr ez
ils	mettr ont

Passé composé

j'	ai	mis
tu	as	mis
il	a	mis
nous	avons	mis
vous	avez	mis
ils	ont	mis

Plus-que-parfait

j'	avais	mis
tu	avais	mis
il	avait	mis
nous	avions	mis
vous	aviez	mis
ils	avaient	mis

Passé antérieur

j'	eus	mis
tu	eus	mis
il	eut	mis
nous	eûmes	mis
vous	eûtes	mis
ils	eurent	mis

Futur antérieur

j'	aurai	mis
tu	auras	mis
il	aura	mis
nous	aurons	mis
vous	aurez	mis
ils	auront	mis

SUBJONCTIF

Présent

que je	mett e
que tu	mett es
qu'il	mett e
que nous	mett ions
que vous	mett iez
qu'ils	mett ent

Imparfait

que je	mi sse
que tu	mi sses
qu'il	mî t
que nous	mi ssions
que vous	mi ssiez
qu'ils	mi ssent

Passé

que j'	aie	mis
que tu	aies	mis
qu'il	ait	mis
que nous	ayons	mis
que vous	ayez	mis
qu'ils	aient	mis

Plus-que-parfait

que j'	eusse	mis
que tu	eusses	mis
qu'il	eût	mis
que nous	eussions	mis
que vous	eussiez	mis
qu'ils	eussent	mis

CONDITIONNEL

Présent

je	mettr ais
tu	mettr ais
il	mettr ait
nous	mettr ions
vous	mettr iez
ils	mettr aient

Passé 1re forme

j'	aurais	mis
tu	aurais	mis
il	aurait	mis
nous	aurions	mis
vous	auriez	mis
ils	auraient	mis

Passé 2e forme

j'	eusse	mis
tu	eusses	mis
il	eût	mis
nous	eussions	mis
vous	eussiez	mis
ils	eussent	mis

PARTICIPE

Présent	Passé
mettant	mis
	ayant mis

INFINITIF

Présent	Passé
mettre	avoir mis

IMPERATIF

Présent	Passé	
mets	aie	mis
mettons	ayons	mis
mettez	ayez	mis

Faire

contrefaire, parfaire, satisfaire, *etc.*

INDICATIF

Présent

je	fai s
tu	fai s
il	fai t
nous	fais ons
vous	faites
ils	font

Imparfait

je	fais ais
tu	fais ais
il	fais ait
nous	fais ions
vous	fais iez
ils	fais aient

Passé simple

je	f is
tu	f is
il	f it
nous	f îmes
vous	f îtes
ils	f irent

Futur simple

je	fer ai
tu	fer as
il	fer a
nous	fer ons
vous	fer ez
ils	fer ont

Passé composé

j'	ai	fait
tu	as	fait
il	a	fait
nous	avons	fait
vous	avez	fait
ils	ont	fait

Plus-que-parfait

j'	avais	fait
tu	avais	fait
il	avait	fait
nous	avions	fait
vous	aviez	fait
ils	avaient	fait

Passé antérieur

j'	eus	fait
tu	eus	fait
il	eut	fait
nous	eûmes	fait
vous	eûtes	fait
ils	eurent	fait

Futur antérieur

j'	aurai	fait
tu	auras	fait
il	aura	fait
nous	aurons	fait
vous	aurez	fait
ils	auront	fait

SUBJONCTIF

Présent

que je	fass e
que tu	fass es
qu'il	fass e
que nous	fass ions
que vous	fass iez
qu'ils	fass ent

Imparfait

que je	fi sse
que tu	fi sses
qu'il	fî t
que nous	fi ssions
que vous	fi ssiez
qu'ils	fi ssent

Passé

que j'	aie	fait
que tu	aies	fait
qu'il	ait	fait
que nous	ayons	fait
que vous	ayez	fait
qu'ils	aient	fait

Plus-que-parfait

que j'	eusse	fait
que tu	eusses	fait
qu'il	eût	fait
que nous	eussions	fait
que vous	eussiez	fait
qu'ils	eussent	fait

CONDITIONNEL

Présent

je	fer ais
tu	fer ais
il	fer ait
nous	fer ions
vous	fer iez
ils	fer aient

Passé 1re forme

j'	aurais	fait
tu	aurais	fait
il	aurait	fait
nous	aurions	fait
vous	auriez	fait
ils	auraient	fait

Passé 2e forme

j'	eusse	fait
tu	eusses	fait
il	eût	fait
nous	eussions	fait
vous	eussiez	fait
ils	eussent	fait

PARTICIPE

Présent
faisant

Passé
fait
ayant fait

INFINITIF

Présent
faire

Passé
avoir fait

IMPERATIF

Présent
fais
faisons
faites

Passé
aie fait
ayons fait
ayez fait

表 53

Boire

表54

INDICATIF

Présent
je	bois
tu	bois
il	boit
nous	buvons
vous	buvez
ils	boivent

Imparfait
je	buvais
tu	buvais
il	buvait
nous	buvions
vous	buviez
ils	buvaient

Passé simple
je	bus
tu	bus
il	but
nous	bûmes
vous	bûtes
ils	burent

Futur simple
je	boirai
tu	boiras
il	boira
nous	boirons
vous	boirez
ils	boiront

Passé composé
j'	ai	bu
tu	as	bu
il	a	bu
nous	avons	bu
vous	avez	bu
ils	ont	bu

Plus-que-parfait
j'	avais	bu
tu	avais	bu
il	avait	bu
nous	avions	bu
vous	aviez	bu
ils	avaient	bu

Passé antérieur
j'	eus	bu
tu	eus	bu
il	eut	bu
nous	eûmes	bu
vous	eûtes	bu
ils	eurent	bu

Futur antérieur
j'	aurai	bu
tu	auras	bu
il	aura	bu
nous	aurons	bu
vous	aurez	bu
ils	auront	bu

SUBJONCTIF

Présent
que je	boive
que tu	boives
qu'il	boive
que nous	buvions
que vous	buviez
qu'ils	boivent

Imparfait
que je	busse
que tu	busses
qu'il	bût
que nous	bussions
que vous	bussiez
qu'ils	bussent

Passé
que j'	aie	bu
que tu	aies	bu
qu'il	ait	bu
que nous	ayons	bu
que vous	ayez	bu
qu'ils	aient	bu

Plus-que-parfait
que j'	eusse	bu
que tu	eusses	bu
qu'il	eût	bu
que nous	eussions	bu
que vous	eussiez	bu
qu'ils	eussent	bu

CONDITIONNEL

Présent
je	boirais
tu	boirais
il	boirait
nous	boirions
vous	boiriez
ils	boiraient

Passé 1re forme
j'	aurais	bu
tu	aurais	bu
il	aurait	bu
nous	aurions	bu
vous	auriez	bu
ils	auraient	bu

Passé 2e forme
j'	eusse	bu
tu	eusses	bu
il	eût	bu
nous	eussions	bu
vous	eussiez	bu
ils	eussent	bu

PARTICIPE

Présent : buvant
Passé : bu, ayant bu

INFINITIF

Présent : boire
Passé : avoir bu

IMPERATIF

Présent
- bois
- buvons
- buvez

Passé
- aie bu
- ayons bu
- ayez bu

Connaître *apparaître, reconnaître, etc.*

INDICATIF

Présent

je	connai s
tu	connai s
il	connaî t
nous	connaiss ons
vous	connaiss ez
ils	connaiss ent

Passé composé

j'	ai	connu
tu	as	connu
il	a	connu
nous	avons	connu
vous	avez	connu
ils	ont	connu

Imparfait

je	connaiss ais
tu	connaiss ais
il	connaiss ait
nous	connaiss ions
vous	connaiss iez
ils	connaiss aient

Plus-que-parfait

j'	avais	connu
tu	avais	connu
il	avait	connu
nous	avions	connu
vous	aviez	connu
ils	avaient	connu

Passé simple

je	conn us
tu	conn us
il	conn ut
nous	conn ûmes
vous	conn ûtes
ils	conn urent

Passé antérieur

j'	eus	connu
tu	eus	connu
il	eut	connu
nous	eûmes	connu
vous	eûtes	connu
ils	eurent	connu

Futur simple

je	connaîtr ai
tu	connaîtr as
il	connaîtr a
nous	connaîtr ons
vous	connaîtr ez
ils	connaîtr ont

Futur antérieur

j'	aurai	connu
tu	auras	connu
il	aura	connu
nous	aurons	connu
vous	aurez	connu
ils	auront	connu

SUBJONCTIF

Présent

que je	connaiss e
que tu	connaiss es
qu'il	connaiss e
que nous	connaiss ions
que vous	connaiss iez
qu'ils	connaiss ent

Imparfait

que je	connu sse
que tu	connu sses
qu'il	connû t
que nous	connu ssions
que vous	connu ssiez
qu'ils	connu ssent

Passé

que j'	aie	connu
que tu	aies	connu
qu'il	ait	connu
que nous	ayons	connu
que vous	ayez	connu
qu'ils	aient	connu

Plus-que-parfait

que j'	eusse	connu
que tu	eusses	connu
qu'il	eût	connu
que nous	eussions	connu
que vous	eussiez	connu
qu'ils	eussent	connu

CONDITIONNEL

Présent

je	connaîtr ais
tu	connaîtr ais
il	connaîtr ait
nous	connaîtr ions
vous	connaîtr iez
ils	connaîtr aient

Passé 1re forme

j'	aurais	connu
tu	aurais	connu
il	aurait	connu
nous	aurions	connu
vous	auriez	connu
ils	auraient	connu

Passé 2e forme

j'	eusse	connu
tu	eusses	connu
il	eût	connu
nous	eussions	connu
vous	eussiez	connu
ils	eussent	connu

PARTICIPE

Présent **Passé**

connaissant connu
 ayant connu

INFINITIF

Présent **Passé**

connaître avoir connu

IMPERATIF

Présent **Passé**

connais	aie	connu
connaissons	ayons	connu
connaissez	ayez	connu

Croire

mécoire 表56

INDICATIF

Présent

je	croi s
tu	croi s
il	croi t
nous	croy ons
vous	croy ez
ils	croi ent

Passé composé

j'	ai	cru
tu	as	cru
il	a	cru
nous	avons	cru
vous	avez	cru
ils	ont	cru

Imparfait

je	croy ais
tu	croy ais
il	croy ait
nous	croy ions
vous	croy iez
ils	croy aient

Plus-que-parfait

j'	avais	cru
tu	avais	cru
il	avait	cru
nous	avions	cru
vous	aviez	cru
ils	avaient	cru

Passé simple

je	cr us
tu	cr us
il	cr ut
nous	cr ûmes
vous	cr ûtes
ils	cr urent

Passé antérieur

j'	eus	cru
tu	eus	cru
il	eut	cru
nous	eûmes	cru
vous	eûtes	cru
ils	eurent	cru

Futur simple

je	croir ai
tu	croir as
il	croir a
nous	croir ons
vous	croir ez
ils	croir ont

Futur antérieur

j'	aurai	cru
tu	auras	cru
il	aura	cru
nous	aurons	cru
vous	aurez	cru
ils	auront	cru

SUBJONCTIF

Présent

que je	croi e
que tu	croi es
qu'il	croi e
que nous	croy ions
que vous	croy iez
qu'ils	croi ent

Imparfait

que je	cru sse
que tu	cru sses
qu'il	crû t
que nous	cru ssions
que vous	cru ssiez
qu'ils	cru ssent

Passé

que j'	aie	cru
que tu	aies	cru
qu'il	ait	cru
que nous	ayons	cru
que vous	ayez	cru
qu'ils	aient	cru

Plus-que-parfait

que j'	eusse	cru
que tu	eusses	cru
qu'il	eût	cru
que nous	eussions	cru
que vous	eussiez	cru
qu'ils	eussent	cru

CONDITIONNEL

Présent

je	croir ais
tu	croir ais
il	croir ait
nous	croir ions
vous	croir iez
ils	croir aient

Passé 1re forme

j'	aurais	cru
tu	aurais	cru
il	aurait	cru
nous	aurions	cru
vous	auriez	cru
ils	auraient	cru

Passé 2e forme

j'	eusse	cru
tu	eusses	cru
il	eût	cru
nous	eussions	cru
vous	eussiez	cru
ils	eussent	cru

PARTICIPE

Présent — Passé

croyant — cru
ayant cru

INFINITIF

Présent — Passé

croire — avoir cru

IMPERATIF

Présent — Passé

crois	aie	cru
croyons	ayons	cru
croyez	ayez	cru

Conduire

construire, cuire, traduire, etc.

表 57

INDICATIF

Présent

je	conduis
tu	conduis
il	conduit
nous	conduisons
vous	conduisez
ils	conduisent

Passé composé

j'	ai	conduit
tu	as	conduit
il	a	conduit
nous	avons	conduit
vous	avez	conduit
ils	ont	conduit

Imparfait

je	conduisais
tu	conduisais
il	conduisait
nous	conduisions
vous	conduisiez
ils	conduisaient

Plus-que-parfait

j'	avais	conduit
tu	avais	conduit
il	avait	conduit
nous	avions	conduit
vous	aviez	conduit
ils	avaient	conduit

Passé simple

je	conduisis
tu	conduisis
il	conduisit
nous	conduisîmes
vous	conduisîtes
ils	conduisirent

Passé antérieur

j'	eus	conduit
tu	eus	conduit
il	eut	conduit
nous	eûmes	conduit
vous	eûtes	conduit
ils	eurent	conduit

Futur simple

je	conduirai
tu	conduiras
il	conduira
nous	conduirons
vous	conduirez
ils	conduiront

Futur antérieur

j'	aurai	conduit
tu	auras	conduit
il	aura	conduit
nous	aurons	conduit
vous	aurez	conduit
ils	auront	conduit

SUBJONCTIF

Présent

que je	conduise
que tu	conduises
qu'il	conduise
que nous	conduisions
que vous	conduisiez
qu'ils	conduisent

Imparfait

que je	conduisisse
que tu	conduisisses
qu'il	conduisît
que nous	conduisissions
que vous	conduisissiez
qu'ils	conduisissent

Passé

que j'	aie	conduit
que tu	aies	conduit
qu'il	ait	conduit
que nous	ayons	conduit
que vous	ayez	conduit
qu'ils	aient	conduit

Plus-que-parfait

que j'	eusse	conduit
que tu	eusses	conduit
qu'il	eût	conduit
que nous	eussions	conduit
que vous	eussiez	conduit
qu'ils	eussent	conduit

CONDITIONNEL

Présent

je	conduirais
tu	conduirais
il	conduirait
nous	conduirions
vous	conduiriez
ils	conduiraient

Passé 1re forme

j'	aurais	conduit
tu	aurais	conduit
il	aurait	conduit
nous	aurions	conduit
vous	auriez	conduit
ils	auraient	conduit

Passé 2e forme

j'	eusse	conduit
tu	eusses	conduit
il	eût	conduit
nous	eussions	conduit
vous	eussiez	conduit
ils	eussent	conduit

PARTICIPE

Présent Passé

conduisant conduit
ayant conduit

INFINITIF

Présent Passé

conduire avoir conduit

IMPERATIF

Présent Passé

conduis	aie	conduit
conduisons	ayons	conduit
conduisez	ayez	conduit

Ecrire

décrire, souscrire, transcrire, etc.

表 58

INDICATIF

Présent
j'	écri s
tu	écri s
il	écri t
nous	écriv ons
vous	écriv ez
ils	écriv ent

Passé composé
j'	ai	écrit
tu	as	écrit
il	a	écrit
nous	avons	écrit
vous	avez	écrit
ils	ont	écrit

Imparfait
j'	écriv ais
tu	écriv ais
il	écriv ait
nous	écriv ions
vous	écriv iez
ils	écriv aient

Plus-que-parfait
j'	avais	écrit
tu	avais	écrit
il	avait	écrit
nous	avions	écrit
vous	aviez	écrit
ils	avaient	écrit

Passé simple
j'	écriv is
tu	écriv is
il	écriv it
nous	écriv îmes
vous	écriv îtes
ils	écriv irent

Passé antérieur
j'	eus	écrit
tu	eus	écrit
il	eut	écrit
nous	eûmes	écrit
vous	eûtes	écrit
ils	eurent	écrit

Futur simple
j'	écrir ai
tu	écrir as
il	écrir a
nous	écrir ons
vous	écrir ez
ils	écrir ont

Futur antérieur
j'	aurai	écrit
tu	auras	écrit
il	aura	écrit
nous	aurons	écrit
vous	aurez	écrit
ils	auront	écrit

SUBJONCTIF

Présent
que j'	écriv e
que tu	écriv es
qu'il	écriv e
que nous	écriv ions
que vous	écriv iez
qu'ils	écriv ent

Imparfait
que j'	écrivi sse
que tu	écrivi sses
qu'il	écrivî t
que nous	écrivi ssions
que vous	écrivi ssiez
qu'ils	écrivi ssent

Passé
que j'	aie	écrit
que tu	aies	écrit
qu'il	ait	écrit
que nous	ayons	écrit
que vous	ayez	écrit
qu'ils	aient	écrit

Plus-que-parfait
que j'	eusse	écrit
que tu	eusses	écrit
qu'il	eût	écrit
que nous	eussions	écrit
que vous	eussiez	écrit
qu'ils	eussent	écrit

CONDITIONNEL

Présent
j'	écrir ais
tu	écrir ais
il	écrir ait
nous	écrir ions
vous	écrir iez
ils	écrir aient

Passé 1re forme
j'	aurais	écrit
tu	aurais	écrit
il	aurait	écrit
nous	aurions	écrit
vous	auriez	écrit
ils	auraient	écrit

Passé 2e forme
j'	eusse	écrit
tu	eusses	écrit
il	eût	écrit
nous	eussions	écrit
vous	eussiez	écrit
ils	eussent	écrit

PARTICIPE

Présent
écrivant

Passé
écrit
ayant écrit

INFINITIF

Présent
écrire

Passé
avoir écrit

IMPERATIF

Présent
écris
écrivons
écrivez

Passé
aie écrit
ayons écrit
ayez écrit

Coudre

découdre, recoudre

表 59

INDICATIF

Présent
je	coud s
tu	coud s
il	coud
nous	cous ons
vous	cous ez
ils	cous ent

Imparfait
je	cous ais
tu	cous ais
il	cous ait
nous	cous ions
vous	cous iez
ils	cous aient

Passé simple
je	cous is
tu	cous is
il	cous it
nous	cous îmes
vous	cous îtes
ils	cous irent

Futur simple
je	coudr ai
tu	coudr as
il	coudr a
nous	coudr ons
vous	coudr ez
ils	coudr ont

Passé composé
j'	ai	cousu
tu	as	cousu
il	a	cousu
nous	avons	cousu
vous	avez	cousu
ils	ont	cousu

Plus-que-parfait
j'	avais	cousu
tu	avais	cousu
il	avait	cousu
nous	avions	cousu
vous	aviez	cousu
ils	avaient	cousu

Passé antérieur
j'	eus	cousu
tu	eus	cousu
il	eut	cousu
nous	eûmes	cousu
vous	eûtes	cousu
ils	eurent	cousu

Futur antérieur
j'	aurai	cousu
tu	auras	cousu
il	aura	cousu
nous	aurons	cousu
vous	aurez	cousu
ils	auront	cousu

SUBJONCTIF

Présent
que je	cous e
que tu	cous es
qu'il	cous e
que nous	cous ions
que vous	cous iez
qu'ils	cous ent

Imparfait
que je	cousi sse
que tu	cousi sses
qu'il	cousî t
que nous	cousi ssions
que vous	cousi ssiez
qu'ils	cousi ssent

Passé
que j'	aie	cousu
que tu	aies	cousu
qu'il	ait	cousu
que nous	ayons	cousu
que vous	ayez	cousu
qu'ils	aient	cousu

Plus-que-parfait
que j'	eusse	cousu
que tu	eusses	cousu
qu'il	eût	cousu
que nous	eussions	cousu
que vous	eussiez	cousu
qu'ils	eussent	cousu

CONDITIONNEL

Présent
je	coudr ais
tu	coudr ais
il	coudr ait
nous	coudr ions
vous	coudr iez
ils	coudr aient

Passé 1re forme
j'	aurais	cousu
tu	aurais	cousu
il	aurait	cousu
nous	aurions	cousu
vous	auriez	cousu
ils	auraient	cousu

Passé 2e forme
j'	eusse	cousu
tu	eusses	cousu
il	eût	cousu
nous	eussions	cousu
vous	eussiez	cousu
ils	eussent	cousu

PARTICIPE

Présent | Passé
cousant | cousu
 | ayant cousu

INFINITIF

Présent | Passé
coudre | avoir cousu

IMPERATIF

Présent | Passé
couds | aie cousu
cousons | ayons cousu
cousez | ayez cousu

Rendre

attendre, corresponddre, répondre, etc.

表 60

INDICATIF

Présent

je	rend s
tu	rend s
il	rend
nous	rend ons
vous	rend ez
ils	rend ent

Passé composé

j'	ai	rendu
tu	as	rendu
il	a	rendu
nous	avons	rendu
vous	avez	rendu
ils	ont	rendu

Imparfait

je	rend ais
tu	rend ais
il	rend ait
nous	rend ions
vous	rend iez
ils	rend aient

Plus-que-parfait

j'	avais	rendu
tu	avais	rendu
il	avait	rendu
nous	avions	rendu
vous	aviez	rendu
ils	avaient	rendu

Passé simple

je	rend is
tu	rend is
il	rend it
nous	rend îmes
vous	rend îtes
ils	rend irent

Passé antérieur

j'	eus	rendu
tu	eus	rendu
il	eut	rendu
nous	eûmes	rendu
vous	eûtes	rendu
ils	eurent	rendu

Futur simple

je	rendr ai
tu	rendr as
il	rendr a
nous	rendr ons
vous	rendr ez
ils	rendr ont

Futur antérieur

j'	aurai	rendu
tu	auras	rendu
il	aura	rendu
nous	aurons	rendu
vous	aurez	rendu
ils	auront	rendu

SUBJONCTIF

Présent

que je	rend e
que tu	rend es
qu'il	rend e
que nous	rend ions
que vous	rend iez
qu'ils	rend ent

Imparfait

que je	rendi sse
que tu	rendi sses
qu'il	rendî t
que nous	rendi ssions
que vous	rendi ssiez
qu'ils	rendi ssent

Passé

que j'	aie	rendu
que tu	aies	rendu
qu'il	ait	rendu
que nous	ayons	rendu
que vous	ayez	rendu
qu'ils	aient	rendu

Plus-que-parfait

que j'	eusse	rendu
que tu	eusses	rendu
qu'il	eût	rendu
que nous	eussions	rendu
que vous	eussiez	rendu
qu'ils	eussent	rendu

CONDITIONNEL

Présent

je	rendr ais
tu	rendr ais
il	rendr ait
nous	rendr ions
vous	rendr iez
ils	rendr aient

Passé 1re forme

j'	aurais	rendu
tu	aurais	rendu
il	aurait	rendu
nous	aurions	rendu
vous	auriez	rendu
ils	auraient	rendu

Passé 2e forme

j'	eusse	rendu
tu	eusses	rendu
il	eût	rendu
nous	eussions	rendu
vous	eussiez	rendu
ils	eussent	rendu

PARTICIPE

Présent
rendant

Passé
rendu
ayant rendu

INFINITIF

Présent
rendre

Passé
avoir rendu

IMPERATIF

Présent
rends
rendons
rendez

Passé
aie rendu
ayons rendu
ayez rendu

Battre

combattre, débattre, *etc*.

INDICATIF

Présent

je	bat s
tu	bat s
il	bat
nous	batt ons
vous	batt ez
ils	batt ent

Passé composé

j'	ai	battu
tu	as	battu
il	a	battu
nous	avons	battu
vous	avez	battu
ils	ont	battu

Imparfait

je	batt ais
tu	batt ais
il	batt ait
nous	batt ions
vous	batt iez
ils	batt aient

Plus-que-parfait

j'	avais	battu
tu	avais	battu
il	avait	battu
nous	avions	battu
vous	aviez	battu
ils	avaient	battu

Passé simple

je	batt is
tu	batt is
il	batt it
nous	batt îmes
vous	batt îtes
ils	batt irent

Passé antérieur

j'	eus	battu
tu	eus	battu
il	eut	battu
nous	eûmes	battu
vous	eûtes	battu
ils	eurent	battu

Futur simple

je	battr ai
tu	battr as
il	battr a
nous	battr ons
vous	battr ez
ils	battr ont

Futur antérieur

j'	aurai	battu
tu	auras	battu
il	aura	battu
nous	aurons	battu
vous	aurez	battu
ils	auront	battu

SUBJONCTIF

Présent

que je	batt e
que tu	batt es
qu'il	batt e
que nous	batt ions
que vous	batt iez
qu'ils	batt ent

Imparfait

que je	batti sse
que tu	batti sses
qu'il	battî t
que nous	batti ssions
que vous	batti ssiez
qu'ils	batti ssent

Passé

que j'	aie	battu
que tu	aies	battu
qu'il	ait	battu
que nous	ayons	battu
que vous	ayez	battu
qu'ils	aient	battu

Plus-que-parfait

que j'	eusse	battu
que tu	eusses	battu
qu'il	eût	battu
que nous	eussions	battu
que vous	eussiez	battu
qu'ils	eussent	battu

CONDITIONNEL

Présent

je	battr ais
tu	battr ais
il	battr ait
nous	battr ions
vous	battr iez
ils	battr aient

Passé 1re forme

j'	aurais	battu
tu	aurais	battu
il	aurait	battu
nous	aurions	battu
vous	auriez	battu
ils	auraient	battu

Passé 2e forme

j'	eusse	battu
tu	eusses	battu
il	eût	battu
nous	eussions	battu
vous	eussiez	battu
ils	eussent	battu

PARTICIPE

Présent	Passé
battant	battu
	ayant battu

INFINITIF

Présent	Passé
battre	avoir battu

IMPERATIF

Présent	Passé	
bats	aie	battu
battons	ayons	battu
battez	ayez	battu

Peindre

表 62、63、64 變化相同，不同之處在此表是以 -e+indre 開頭 **表 62**
enfreindre, étreindre, feindre, *etc.*

INDICATIF

Présent

je	pein s
tu	pein s
il	pein t
nous	peign ons
vous	peign ez
ils	peign ent

Imparfait

je	peign ais
tu	peign ais
il	peign ait
nous	peign ions
vous	peign iez
ils	peign aient

Passé simple

je	peign is
tu	peign is
il	peign it
nous	peign îmes
vous	peign îtes
ils	peign irent

Futur simple

je	peindr ai
tu	peindr as
il	peindr a
nous	peindr ons
vous	peindr ez
ils	peindr ont

Passé composé

j'	ai	peint
tu	as	peint
il	a	peint
nous	avons	peint
vous	avez	peint
ils	ont	peint

Plus-que-parfait

j'	avais	peint
tu	avais	peint
il	avait	peint
nous	avions	peint
vous	aviez	peint
ils	avaient	peint

Passé antérieur

j'	eus	peint
tu	eus	peint
il	eut	peint
nous	eûmes	peint
vous	eûtes	peint
ils	eurent	peint

Futur antérieur

j'	aurai	peint
tu	auras	peint
il	aura	peint
nous	aurons	peint
vous	aurez	peint
ils	auront	peint

SUBJONCTIF

Présent

que je	peign e
que tu	peign es
qu'il	peign e
que nous	peign ions
que vous	peign iez
qu'ils	peign ent

Imparfait

que je	peigni sse
que tu	peigni sses
qu'il	peignî t
que nous	peigni ssions
que vous	peigni ssiez
qu'ils	peigni ssent

Passé

que j'	aie	peint
que tu	aies	peint
qu'il	ait	peint
que nous	ayons	peint
que vous	ayez	peint
qu'ils	aient	peint

Plus-que-parfait

que j'	eusse	peint
que tu	eusses	peint
qu'il	eût	peint
que nous	eussions	peint
que vous	eussiez	peint
qu'ils	eussent	peint

CONDITIONNEL

Présent

je	peindr ais
tu	peindr ais
il	peindr ait
nous	peindr ions
vous	peindr iez
ils	peindr aient

Passé 1re forme

j'	aurais	peint
tu	aurais	peint
il	aurait	peint
nous	aurions	peint
vous	auriez	peint
ils	auraient	peint

Passé 2e forme

j'	eusse	peint
tu	eusses	peint
il	eût	peint
nous	eussions	peint
vous	eussiez	peint
ils	eussent	peint

PARTICIPE

Présent | Passé

peignant | peint
| ayant peint

INFINITIF

Présent | Passé

peindre | avoir peint

IMPERATIF

Présent | Passé

peins	aie peint
peignons	ayons peint
peignez	ayez peint

Joindre

以 -o+indre 開頭的動詞
adjoindre, disjoindre, *etc*.

表 63

INDICATIF

Présent
je	join	s
tu	join	s
il	join	t
nous	joign	ons
vous	joign	ez
ils	joign	ent

Imparfait
je	joign	ais
tu	joign	ais
il	joign	ait
nous	joign	ions
vous	joign	iez
ils	joign	aient

Passé simple
je	joign	is
tu	joign	is
il	joign	it
nous	joign	îmes
vous	joign	îtes
ils	joign	irent

Futur simple
je	joindr	ai
tu	joindr	as
il	joindr	a
nous	joindr	ons
vous	joindr	ez
ils	joindr	ont

Passé composé
j'	ai	joint
tu	as	joint
il	a	joint
nous	avons	joint
vous	avez	joint
ils	ont	joint

Plus-que-parfait
j'	avais	joint
tu	avais	joint
il	avait	joint
nous	avions	joint
vous	aviez	joint
ils	avaient	joint

Passé antérieur
j'	eus	joint
tu	eus	joint
il	eut	joint
nous	eûmes	joint
vous	eûtes	joint
ils	eurent	joint

Futur antérieur
j'	aurai	joint
tu	auras	joint
il	aura	joint
nous	aurons	joint
vous	aurez	joint
ils	auront	joint

SUBJONCTIF

Présent
que je	joign	e
que tu	joign	es
qu'il	joign	e
que nous	joign	ions
que vous	joign	iez
qu'ils	joign	ent

Imparfait
que je	joigni	sse
que tu	joigni	sses
qu'il	joignî	t
que nous	joigni	ssions
que vous	joigni	ssiez
qu'ils	joigni	ssent

Passé
que j'	aie	joint
que tu	aies	joint
qu'il	ait	joint
que nous	ayons	joint
que vous	ayez	joint
qu'ils	aient	joint

Plus-que-parfait
que j'	eusse	joint
que tu	eusses	joint
qu'il	eût	joint
que nous	eussions	joint
que vous	eussiez	joint
qu'ils	eussent	joint

CONDITIONNEL

Présent
je	joindr	ais
tu	joindr	ais
il	joindr	ait
nous	joindr	ions
vous	joindr	iez
ils	joindr	aient

Passé 1re forme
j'	aurais	joint
tu	aurais	joint
il	aurait	joint
nous	aurions	joint
vous	auriez	joint
ils	auraient	joint

Passé 2e forme
j'	eusse	joint
tu	eusses	joint
il	eût	joint
nous	eussions	joint
vous	eussiez	joint
ils	eussent	joint

PARTICIPE

Présent	Passé
joignant	joint
	ayant joint

INFINITIF

Présent	Passé
joindre	avoir joint

IMPERATIF

Présent	Passé
joins	aie joint
joignons	ayons joint
joignez	ayez joint

Plaindre

以 -a+indre 開頭的動詞
contraindre, craindre

表 64

INDICATIF		SUBJONCTIF

Présent

je	plain s
tu	plain s
il	plain t
nous	plaign ons
vous	plaign ez
ils	plaign ent

Passé composé

j'	ai	plaint
tu	as	plaint
il	a	plaint
nous	avons	plaint
vous	avez	plaint
ils	ont	plaint

Présent

que je	plaign e
que tu	plaign es
qu'il	plaign e
que nous	plaign ions
que vous	plaign iez
qu'ils	plaign ent

Imparfait

je	plaign ais
tu	plaign ais
il	plaign ait
nous	plaign ions
vous	plaign iez
ils	plaign aient

Plus-que-parfait

j'	avais	plaint
tu	avais	plaint
il	avait	plaint
nous	avions	plaint
vous	aviez	plaint
ils	avaient	plaint

Imparfait

que je	plaigni sse
que tu	plaigni sses
qu'il	plaignî t
que nous	plaigni ssions
que vous	plaigni ssiez
qu'ils	plaigni ssent

Passé simple

je	plaign is
tu	plaign is
il	plaign it
nous	plaign îmes
vous	plaign îtes
ils	plaign irent

Passé antérieur

j'	eus	plaint
tu	eus	plaint
il	eut	plaint
nous	eûmes	plaint
vous	eûtes	plaint
ils	eurent	plaint

Passé

que j'	aie	plaint
que tu	aies	plaint
qu'il	ait	plaint
que nous	ayons	plaint
que vous	ayez	plaint
qu'ils	aient	plaint

Futur simple

je	plaindr ai
tu	plaindr as
il	plaindr a
nous	plaindr ons
vous	plaindr ez
ils	plaindr ont

Futur antérieur

j'	aurai	plaint
tu	auras	plaint
il	aura	plaint
nous	aurons	plaint
vous	aurez	plaint
ils	auront	plaint

Plus-que-parfait

que j'	eusse	plaint
que tu	eusses	plaint
qu'il	eût	plaint
que nous	eussions	plaint
que vous	eussiez	plaint
qu'ils	eussent	plaint

CONDITIONNEL

Présent

je	plaindr ais
tu	plaindr ais
il	plaindr ait
nous	plaindr ions
vous	plaindr iez
ils	plaindr aient

Passé 1re forme

j'	aurais	plaint
tu	aurais	plaint
il	aurait	plaint
nous	aurions	plaint
vous	auriez	plaint
ils	auraient	plaint

Passé 2e forme

j'	eusse	plaint
tu	eusses	plaint
il	eût	plaint
nous	eussions	plaint
vous	eussiez	plaint
ils	eussent	plaint

PARTICIPE	INFINITIF	IMPERATIF

Présent **Passé**

plaignant plaint
ayant plaint

Présent **Passé**

plaindre avoir plaint

Présent **Passé**

plains	aie	plaint
plaignons	ayons	plaint
plaignez	ayez	plaint

Vaincre

convaincre

表 65

INDICATIF

Présent
je	vainc s
tu	vainc s
il	vainc
nous	vainqu ons
vous	vainqu ez
ils	vainqu ent

Passé composé
j'	ai	vaincu
tu	as	vaincu
il	a	vaincu
nous	avons	vaincu
vous	avez	vaincu
ils	ont	vaincu

Imparfait
je	vainqu ais
tu	vainqu ais
il	vainqu ait
nous	vainqu ions
vous	vainqu iez
ils	vainqu aient

Plus-que-parfait
j'	avais	vaincu
tu	avais	vaincu
il	avait	vaincu
nous	avions	vaincu
vous	aviez	vaincu
ils	avaient	vaincu

Passé simple
je	vainqu is
tu	vainqu is
il	vainqu it
nous	vainqu îmes
vous	vainqu îtes
ils	vainqu irent

Passé antérieur
j'	eus	vaincu
tu	eus	vaincu
il	eut	vaincu
nous	eûmes	vaincu
vous	eûtes	vaincu
ils	eurent	vaincu

Futur simple
je	vaincr ai
tu	vaincr as
il	vaincr a
nous	vaincr ons
vous	vaincr ez
ils	vaincr ont

Futur antérieur
j'	aurai	vaincu
tu	auras	vaincu
il	aura	vaincu
nous	aurons	vaincu
vous	aurez	vaincu
ils	auront	vaincu

SUBJONCTIF

Présent
que je	vainqu e
que tu	vainqu es
qu'il	vainqu e
que nous	vainqu ions
que vous	vainqu iez
qu'ils	vainqu ent

Imparfait
que je	vainqui sse
que tu	vainqui sses
qu'il	vainquî t
que nous	vainqui ssions
que vous	vainqui ssiez
qu'ils	vainqui ssent

Passé
que j'	aie	vaincu
que tu	aies	vaincu
qu'il	ait	vaincu
que nous	ayons	vaincu
que vous	ayez	vaincu
qu'ils	aient	vaincu

Plus-que-parfait
que j'	eusse	vaincu
que tu	eusses	vaincu
qu'il	eût	vaincu
que nous	eussions	vaincu
que vous	eussiez	vaincu
qu'ils	eussent	vaincu

CONDITIONNEL

Présent
je	vaincr ais
tu	vaincr ais
il	vaincr ait
nous	vaincr ions
vous	vaincr iez
ils	vaincr aient

Passé 1re forme
j'	aurais	vaincu
tu	aurais	vaincu
il	aurait	vaincu
nous	aurions	vaincu
vous	auriez	vaincu
ils	auraient	vaincu

Passé 2e forme
j'	eusse	vaincu
tu	eusses	vaincu
il	eût	vaincu
nous	eussions	vaincu
vous	eussiez	vaincu
ils	eussent	vaincu

PARTICIPE

Présent
vainquant

Passé
vaincu
ayant vaincu

INFINITIF

Présent
vaincre

Passé
avoir vaincu

IMPERATIF

Présent
vaincs
vainquons
vainquez

Passé
aie vaincu
ayons vaincu
ayez vaincu

Traire

abstraire, distraire, etc.

INDICATIF

Présent
je	trai s
tu	trai s
il	trai t
nous	tray ons
vous	tray ez
ils	trai ent

Imparfait
je	tray ais
tu	tray ais
il	tray ait
nous	tray ions
vous	tray iez
ils	tray aient

Passé simple

Futur simple
je	trair ai
tu	trair as
il	trair a
nous	trair ons
vous	trair ez
ils	trair ont

Passé composé
j'	ai	trait
tu	as	trait
il	a	trait
nous	avons	trait
vous	avez	trait
ils	ont	trait

Plus-que-parfait
j'	avais	trait
tu	avais	trait
il	avait	trait
nous	avions	trait
vous	aviez	trait
ils	avaient	trait

Passé antérieur
j'	eus	trait
tu	eus	trait
il	eut	trait
nous	eûmes	trait
vous	eûtes	trait
ils	eurent	trait

Futur antérieur
j'	aurai	trait
tu	auras	trait
il	aura	trait
nous	aurons	trait
vous	aurez	trait
ils	auront	trait

SUBJONCTIF

Présent
que je	trai e
que tu	trai es
qu'il	trai e
que nous	tray ions
que vous	tray iez
qu'ils	trai ent

Imparfait

Passé
que j'	aie	trait
que tu	aies	trait
qu'il	ait	trait
que nous	ayons	trait
que vous	ayez	trait
qu'ils	aient	trait

Plus-que-parfait
que j'	eusse	trait
que tu	eusses	trait
qu'il	eût	trait
que nous	eussions	trait
que vous	eussiez	trait
qu'ils	eussent	trait

CONDITIONNEL

Présent
je	trair ais
tu	trair ais
il	trair ait
nous	trair ions
vous	trair iez
ils	trair aient

Passé 1re forme
j'	aurais	trait
tu	aurais	trait
il	aurait	trait
nous	aurions	trait
vous	auriez	trait
ils	auraient	trait

Passé 2e forme
j'	eusse	trait
tu	eusses	trait
il	eût	trait
nous	eussions	trait
vous	eussiez	trait
ils	eussent	trait

PARTICIPE

Présent	Passé
trayant	trait
	ayant trait

INFINITIF

Présent	Passé
traire	avoir trait

IMPERATIF

Présent	Passé	
trais	aie	trait
trayons	ayons	trait
trayez	ayez	trait

Plaire

complaire, déplaire, taire 表 67

INDICATIF

Présent
je	plai s
tu	plai s
il	plaî t
nous	plais ons
vous	plais ez
ils	plais ent

Imparfait
je	plais ais
tu	plais ais
il	plais ait
nous	plais ions
vous	plais iez
ils	plais aient

Passé simple
je	pl us
tu	pl us
il	pl ut
nous	pl ûmes
vous	pl ûtes
ils	pl urent

Futur simple
je	plair ai
tu	plair as
il	plair a
nous	plair ons
vous	plair ez
ils	plair ont

Passé composé
j'	ai	plu
tu	as	plu
il	a	plu
nous	avons	plu
vous	avez	plu
ils	ont	plu

Plus-que-parfait
j'	avais	plu
tu	avais	plu
il	avait	plu
nous	avions	plu
vous	aviez	plu
ils	avaient	plu

Passé antérieur
j'	eus	plu
tu	eus	plu
il	eut	plu
nous	eûmes	plu
vous	eûtes	plu
ils	eurent	plu

Futur antérieur
j'	aurai	plu
tu	auras	plu
il	aura	plu
nous	aurons	plu
vous	aurez	plu
ils	auront	plu

SUBJONCTIF

Présent
que je	plais e
que tu	plais es
qu'il	plais e
que nous	plais ions
que vous	plais iez
qu'ils	plais ent

Imparfait
que je	plu sse
que tu	plu sses
qu'il	plû t
que nous	plu ssions
que vous	plu ssiez
qu'ils	plu ssent

Passé
que j'	aie	plu
que tu	aies	plu
qu'il	ait	plu
que nous	ayons	plu
que vous	ayez	plu
qu'ils	aient	plu

Plus-que-parfait
que j'	eusse	plu
que tu	eusses	plu
qu'il	eût	plu
que nous	eussions	plu
que vous	eussiez	plu
qu'ils	eussent	plu

CONDITIONNEL

Présent
je	plair ais
tu	plair ais
il	plair ait
nous	plair ions
vous	plair iez
ils	plair aient

Passé 1re forme
j'	aurais	plu
tu	aurais	plu
il	aurait	plu
nous	aurions	plu
vous	auriez	plu
ils	auraient	plu

Passé 2e forme
j'	eusse	plu
tu	eusses	plu
il	eût	plu
nous	eussions	plu
vous	eussiez	plu
ils	eussent	plu

PARTICIPE

Présent	Passé
plaisant	plu
	ayant plu

INFINITIF

Présent	Passé
plaire	avoir plu

IMPERATIF

Présent	Passé	
plais	aie	plu
plaisons	ayons	plu
plaisez	ayez	plu

Naître

renaître

表68

INDICATIF

Présent
je	nai	s
tu	nai	s
il	naî	t
nous	naiss	ons
vous	naiss	ez
ils	naiss	ent

Imparfait
je	naiss	ais
tu	naiss	ais
il	naiss	ait
nous	naiss	ions
vous	naiss	iez
ils	naiss	aient

Passé simple
je	naqu	is
tu	naqu	is
il	naqu	it
nous	naqu	îmes
vous	naqu	îtes
ils	naqu	irent

Futur simple
je	naîtr	ai
tu	naîtr	as
il	naîtr	a
nous	naîtr	ons
vous	naîtr	ez
ils	naîtr	ont

Passé composé
je	suis	né
tu	es	né
il	est	né
nous	sommes	nés
vous	êtes	nés
ils	sont	nés

Plus-que-parfait
j'	étais	né
tu	étais	né
il	était	né
nous	étions	nés
vous	étiez	nés
ils	étaient	nés

Passé antérieur
je	fus	né
tu	fus	né
il	fut	né
nous	fûmes	nés
vous	fûtes	nés
ils	furent	nés

Futur antérieur
je	serai	né
tu	seras	né
il	sera	né
nous	serons	nés
vous	serez	nés
ils	seront	nés

SUBJONCTIF

Présent
que je	naiss	e
que tu	naiss	es
qu'il	naiss	e
que nous	naiss	ions
que vous	naiss	iez
qu'ils	naiss	ent

Imparfait
que je	naqui	sse
que tu	naqui	sses
qu'il	naquî	t
que nous	naqui	ssions
que vous	naqui	ssiez
qu'ils	naqui	ssent

Passé
que je	sois	né
que tu	sois	né
qu'il	soit	né
que nous	soyons	nés
que vous	soyez	nés
qu'ils	soient	nés

Plus-que-parfait
que je	fusse	né
que tu	fusses	né
qu'il	fût	né
que nous	fussions	nés
que vous	fussiez	nés
qu'ils	fussent	nés

CONDITIONNEL

Présent
je	naîtr	ais
tu	naîtr	ais
il	naîtr	ait
nous	naîtr	ions
vous	naîtr	iez
ils	naîtr	aient

Passé 1re forme
je	serais	né
tu	serais	né
il	serait	né
nous	serions	nés
vous	seriez	nés
ils	seraient	nés

Passé 2e forme
je	fusse	né
tu	fusses	né
il	fût	né
nous	fussions	nés
vous	fussiez	nés
ils	fussent	nés

PARTICIPE

Présent	Passé
naissant	né
	étant né

INFINITIF

Présent	Passé
naître	être né

IMPERATIF

Présent	Passé	
nais	sois	né
naissons	soyons	nés
naissez	soyez	nés

Lire

表 69

élire, réélire, relire

INDICATIF

Présent
- je lis
- tu lis
- il lit
- nous lisons
- vous lisez
- ils lisent

Imparfait
- je lisais
- tu lisais
- il lisait
- nous lisions
- vous lisiez
- ils lisaient

Passé simple
- je lus
- tu lus
- il lut
- nous lûmes
- vous lûtes
- ils lurent

Futur simple
- je lirai
- tu liras
- il lira
- nous lirons
- vous lirez
- ils liront

Passé composé
- j' ai lu
- tu as lu
- il a lu
- nous avons lu
- vous avez lu
- ils ont lu

Plus-que-parfait
- j' avais lu
- tu avais lu
- il avait lu
- nous avions lu
- vous aviez lu
- ils avaient lu

Passé antérieur
- j' eus lu
- tu eus lu
- il eut lu
- nous eûmes lu
- vous eûtes lu
- ils eurent lu

Futur antérieur
- j' aurai lu
- tu auras lu
- il aura lu
- nous aurons lu
- vous aurez lu
- ils auront lu

SUBJONCTIF

Présent
- que je lise
- que tu lises
- qu'il lise
- que nous lisions
- que vous lisiez
- qu'ils lisent

Imparfait
- que je lusse
- que tu lusses
- qu'il lût
- que nous lussions
- que vous lussiez
- qu'ils lussent

Passé
- que j' aie lu
- que tu aies lu
- qu'il ait lu
- que nous ayons lu
- que vous ayez lu
- qu'ils aient lu

Plus-que-parfait
- que j' eusse lu
- que tu eusses lu
- qu'il eût lu
- que nous eussions lu
- que vous eussiez lu
- qu'ils eussent lu

CONDITIONNEL

Présent
- je lirais
- tu lirais
- il lirait
- nous lirions
- vous liriez
- ils liraient

Passé 1re forme
- j' aurais lu
- tu aurais lu
- il aurait lu
- nous aurions lu
- vous auriez lu
- ils auraient lu

Passé 2e forme
- j' eusse lu
- tu eusses lu
- il eût lu
- nous eussions lu
- vous eussiez lu
- ils eussent lu

PARTICIPE

Présent
- lisant

Passé
- lu
- ayant lu

INFINITIF

Présent
- lire

Passé
- avoir lu

IMPERATIF

Présent
- lis
- lisons
- lisez

Passé
- aie lu
- ayons lu
- ayez lu

Dire

contredire, interdire, etc.

表70

INDICATIF

Présent

je	di s
tu	di s
il	di t
nous	dis ons
vous	dites
ils	dis ent

Imparfait

je	dis ais
tu	dis ais
il	dis ait
nous	dis ions
vous	dis iez
ils	dis aient

Passé simple

je	d is
tu	d is
il	d it
nous	d îmes
vous	d îtes
ils	d irent

Futur simple

je	dir ai
tu	dir as
il	dir a
nous	dir ons
vous	dir ez
ils	dir ont

Passé composé

j'	ai	dit
tu	as	dit
il	a	dit
nous	avons	dit
vous	avez	dit
ils	ont	dit

Plus-que-parfait

j'	avais	dit
tu	avais	dit
il	avait	dit
nous	avions	dit
vous	aviez	dit
ils	avaient	dit

Passé antérieur

j'	eus	dit
tu	eus	dit
il	eut	dit
nous	eûmes	dit
vous	eûtes	dit
ils	eurent	dit

Futur antérieur

j'	aurai	dit
tu	auras	dit
il	aura	dit
nous	aurons	dit
vous	aurez	dit
ils	auront	dit

SUBJONCTIF

Présent

que je	dis e
que tu	dis es
qu'il	dis e
que nous	dis ions
que vous	dis iez
qu'ils	dis ent

Imparfait

que je	di sse
que tu	di sses
qu'il	dî t
que nous	di ssions
que vous	di ssiez
qu'ils	di ssent

Passé

que j'	aie	dit
que tu	aies	dit
qu'il	ait	dit
que nous	ayons	dit
que vous	ayez	dit
qu'ils	aient	dit

Plus-que-parfait

que j'	eusse	dit
que tu	eusses	dit
qu'il	eût	dit
que nous	eussions	dit
que vous	eussiez	dit
qu'ils	eussent	dit

CONDITIONNEL

Présent

je	dir ais
tu	dir ais
il	dir ait
nous	dir ions
vous	dir iez
ils	dir aient

Passé 1re forme

j'	aurais	dit
tu	aurais	dit
il	aurait	dit
nous	aurions	dit
vous	auriez	dit
ils	auraient	dit

Passé 2e forme

j'	eusse	dit
tu	eusses	dit
il	eût	dit
nous	eussions	dit
vous	eussiez	dit
ils	eussent	dit

PARTICIPE

Présent
disant

Passé
dit
ayant dit

INFINITIF

Présent
dire

Passé
avoir dit

IMPERATIF

Présent
dis
disons
dites

Passé
aie dit
ayons dit
ayez dit

Conclure

注意：inclure, exclure 的過去分詞分別為：inclus, exclu

表 71

INDICATIF

Présent
je	conclu s
tu	conclu s
il	conclu t
nous	conclu ons
vous	conclu ez
ils	conclu ent

Passé composé
j'	ai	conclu
tu	as	conclu
il	a	conclu
nous	avons	conclu
vous	avez	conclu
ils	ont	conclu

Imparfait
je	conclu ais
tu	conclu ais
il	conclu ait
nous	conclu ions
vous	conclu iez
ils	conclu aient

Plus-que-parfait
j'	avais	conclu
tu	avais	conclu
il	avait	conclu
nous	avions	conclu
vous	aviez	conclu
ils	avaient	conclu

Passé simple
je	concl us
tu	concl us
il	concl ut
nous	concl ûmes
vous	concl ûtes
ils	concl urent

Passé antérieur
j'	eus	conclu
tu	eus	conclu
il	eut	conclu
nous	eûmes	conclu
vous	eûtes	conclu
ils	eurent	conclu

Futur simple
je	conclur ai
tu	conclur as
il	conclur a
nous	conclur ons
vous	conclur ez
ils	conclur ont

Futur antérieur
j'	aurai	conclu
tu	auras	conclu
il	aura	conclu
nous	aurons	conclu
vous	aurez	conclu
ils	auront	conclu

SUBJONCTIF

Présent
que je	conclu e
que tu	conclu es
qu'il	conclu e
que nous	conclu ions
que vous	conclu iez
qu'ils	conclu ent

Imparfait
que je	conclu sse
que tu	conclu sses
qu'il	conclû t
que nous	conclu ssions
que vous	conclu ssiez
qu'ils	conclu ssent

Passé
que j'	aie	conclu
que tu	aies	conclu
qu'il	ait	conclu
que nous	ayons	conclu
que vous	ayez	conclu
qu'ils	aient	conclu

Plus-que-parfait
que j'	eusse	conclu
que tu	eusses	conclu
qu'il	eût	conclu
que nous	eussions	conclu
que vous	eussiez	conclu
qu'ils	eussent	conclu

CONDITIONNEL

Présent
je	conclur ais
tu	conclur ais
il	conclur ait
nous	conclur ions
vous	conclur iez
ils	conclur aient

Passé 1re forme
j'	aurais	conclu
tu	aurais	conclu
il	aurait	conclu
nous	aurions	conclu
vous	auriez	conclu
ils	auraient	conclu

Passé 2e forme
j'	eusse	conclu
tu	eusses	conclu
il	eût	conclu
nous	eussions	conclu
vous	eussiez	conclu
ils	eussent	conclu

PARTICIPE

Présent **Passé**

concluant conclu
ayant conclu

INFINITIF

Présent **Passé**

conclure avoir conclu

IMPERATIF

Présent **Passé**

conclus	aie	conclu
concluons	ayons	conclu
concluez	ayez	conclu

Moudre

表72

INDICATIF

Présent

je	moud s
tu	moud s
il	moud
nous	moul ons
vous	moul ez
ils	moul ent

Imparfait

je	moul ais
tu	moul ais
il	moul ait
nous	moul ions
vous	moul iez
ils	moul aient

Passé simple

je	moul us
tu	moul us
il	moul ut
nous	moul ûmes
vous	moul ûtes
ils	moul urent

Futur simple

je	moudr ai
tu	moudr as
il	moudr a
nous	moudr ons
vous	moudr ez
ils	moudr ont

Passé composé

j'	ai	moulu
tu	as	moulu
il	a	moulu
nous	avons	moulu
vous	avez	moulu
ils	ont	moulu

Plus-que-parfait

j'	avais	moulu
tu	avais	moulu
il	avait	moulu
nous	avions	moulu
vous	aviez	moulu
ils	avaient	moulu

Passé antérieur

j'	eus	moulu
tu	eus	moulu
il	eut	moulu
nous	eûmes	moulu
vous	eûtes	moulu
ils	eurent	moulu

Futur antérieur

j'	aurai	moulu
tu	auras	moulu
il	aura	moulu
nous	aurons	moulu
vous	aurez	moulu
ils	auront	moulu

SUBJONCTIF

Présent

que je	moul e
que tu	moul es
qu'il	moul e
que nous	moul ions
que vous	moul iez
qu'ils	moul ent

Imparfait

que je	moulu sse
que tu	moulu sses
qu'il	moulû t
que nous	moulu ssions
que vous	moulu ssiez
qu'ils	moulu ssent

Passé

que j'	aie	moulu
que tu	aies	moulu
qu'il	ait	moulu
que nous	ayons	moulu
que vous	ayez	moulu
qu'ils	aient	moulu

Plus-que-parfait

que j'	eusse	moulu
que tu	eusses	moulu
qu'il	eût	moulu
que nous	eussions	moulu
que vous	eussiez	moulu
qu'ils	eussent	moulu

CONDITIONNEL

Présent

je	moudr ais
tu	moudr ais
il	moudr ait
nous	moudr ions
vous	moudr iez
ils	moudr aient

Passé 1re forme

j'	aurais	moulu
tu	aurais	moulu
il	aurait	moulu
nous	aurions	moulu
vous	auriez	moulu
ils	auraient	moulu

Passé 2e forme

j'	eusse	moulu
tu	eusses	moulu
il	eût	moulu
nous	eussions	moulu
vous	eussiez	moulu
ils	eussent	moulu

PARTICIPE

Présent
moulant

Passé
moulu
ayant moulu

INFINITIF

Présent
moudre

Passé
avoir moulu

IMPERATIF

Présent
mouds
moulons
moulez

Passé
aie moulu
ayons moulu
ayez moulu

Suivre

ensuivre, poursuivre

表 73

INDICATIF

Présent
je	sui s
tu	sui s
il	sui t
nous	suiv ons
vous	suiv ez
ils	suiv ent

Passé composé
j'	ai	suivi
tu	as	suivi
il	a	suivi
nous	avons	suivi
vous	avez	suivi
ils	ont	suivi

Imparfait
je	suiv ais
tu	suiv ais
il	suiv ait
nous	suiv ions
vous	suiv iez
ils	suiv aient

Plus-que-parfait
j'	avais	suivi
tu	avais	suivi
il	avait	suivi
nous	avions	suivi
vous	aviez	suivi
ils	avaient	suivi

Passé simple
je	suiv is
tu	suiv is
il	suiv it
nous	suiv îmes
vous	suiv îtes
ils	suiv irent

Passé antérieur
j'	eus	suivi
tu	eus	suivi
il	eut	suivi
nous	eûmes	suivi
vous	eûtes	suivi
ils	eurent	suivi

Futur simple
je	suivr ai
tu	suivr as
il	suivr a
nous	suivr ons
vous	suivr ez
ils	suivr ont

Futur antérieur
j'	aurai	suivi
tu	auras	suivi
il	aura	suivi
nous	aurons	suivi
vous	aurez	suivi
ils	auront	suivi

SUBJONCTIF

Présent
que je	suiv e
que tu	suiv es
qu'il	suiv e
que nous	suiv ions
que vous	suiv iez
qu'ils	suiv ent

Imparfait
que je	suivi sse
que tu	suivi sses
qu'il	suivî t
que nous	suivi ssions
que vous	suivi ssiez
qu'ils	suivi ssent

Passé
que j'	aie	suivi
que tu	aies	suivi
qu'il	ait	suivi
que nous	ayons	suivi
que vous	ayez	suivi
qu'ils	aient	suivi

Plus-que-parfait
que j'	eusse	suivi
que tu	eusses	suivi
qu'il	eût	suivi
que nous	eussions	suivi
que vous	eussiez	suivi
qu'ils	eussent	suivi

CONDITIONNEL

Présent
je	suivr ais
tu	suivr ais
il	suivr ait
nous	suivr ions
vous	suivr iez
ils	suivr aient

Passé 1re forme
j'	aurais	suivi
tu	aurais	suivi
il	aurait	suivi
nous	aurions	suivi
vous	auriez	suivi
ils	auraient	suivi

Passé 2e forme
j'	eusse	suivi
tu	eusses	suivi
il	eût	suivi
nous	eussions	suivi
vous	eussiez	suivi
ils	eussent	suivi

PARTICIPE

Présent	Passé
suivant	suivi
	ayant suivi

INFINITIF

Présent	Passé
suivre	avoir suivi

IMPERATIF

Présent	Passé	
suis	aie	suivi
suivons	ayons	suivi
suivez	ayez	suivi

Vivre

revivre, survivre

表 74

INDICATIF

Présent
- je vis
- tu vis
- il vit
- nous vivons
- vous vivez
- ils vivent

Imparfait
- je vivais
- tu vivais
- il vivait
- nous vivions
- vous viviez
- ils vivaient

Passé simple
- je vécus
- tu vécus
- il vécut
- nous vécûmes
- vous vécûtes
- ils vécurent

Futur simple
- je vivrai
- tu vivras
- il vivra
- nous vivrons
- vous vivrez
- ils vivront

Passé composé
- j'ai vécu
- tu as vécu
- il a vécu
- nous avons vécu
- vous avez vécu
- ils ont vécu

Plus-que-parfait
- j'avais vécu
- tu avais vécu
- il avait vécu
- nous avions vécu
- vous aviez vécu
- ils avaient vécu

Passé antérieur
- j'eus vécu
- tu eus vécu
- il eut vécu
- nous eûmes vécu
- vous eûtes vécu
- ils eurent vécu

Futur antérieur
- j'aurai vécu
- tu auras vécu
- il aura vécu
- nous aurons vécu
- vous aurez vécu
- ils auront vécu

SUBJONCTIF

Présent
- que je vive
- que tu vives
- qu'il vive
- que nous vivions
- que vous viviez
- qu'ils vivent

Imparfait
- que je vécusse
- que tu vécusses
- qu'il vécût
- que nous vécussions
- que vous vécussiez
- qu'ils vécussent

Passé
- que j'aie vécu
- que tu aies vécu
- qu'il ait vécu
- que nous ayons vécu
- que vous ayez vécu
- qu'ils aient vécu

Plus-que-parfait
- que j'eusse vécu
- que tu eusses vécu
- qu'il eût vécu
- que nous eussions vécu
- que vous eussiez vécu
- qu'ils eussent vécu

CONDITIONNEL

Présent
- je vivrais
- tu vivrais
- il vivrait
- nous vivrions
- vous vivriez
- ils vivraient

Passé 1re forme
- j'aurais vécu
- tu aurais vécu
- il aurait vécu
- nous aurions vécu
- vous auriez vécu
- ils auraient vécu

Passé 2e forme
- j'eusse vécu
- tu eusses vécu
- il eût vécu
- nous eussions vécu
- vous eussiez vécu
- ils eussent vécu

PARTICIPE

Présent
vivant

Passé
vécu
ayant vécu

INFINITIF

Présent
vivre

Passé
avoir vécu

IMPERATIF

Présent
- vis
- vivons
- vivez

Passé
- aie vécu
- ayons vécu
- ayez vécu

Suffire

circoncire, confire

表 75

INDICATIF

Présent
je	suffi s
tu	suffi s
il	suffi t
nous	suffis ons
vous	suffis ez
ils	suffis ent

Passé composé
j'	ai	suffi
tu	as	suffi
il	a	suffi
nous	avons	suffi
vous	avez	suffi
ils	ont	suffi

Imparfait
je	suffis ais
tu	suffis ais
il	suffis ait
nous	suffis ions
vous	suffis iez
ils	suffis aient

Plus-que-parfait
j'	avais	suffi
tu	avais	suffi
il	avait	suffi
nous	avions	suffi
vous	aviez	suffi
ils	avaient	suffi

Passé simple
je	suff is
tu	suff is
il	suff it
nous	suff îmes
vous	suff îtes
ils	suff irent

Passé antérieur
j'	eus	suffi
tu	eus	suffi
il	eut	suffi
nous	eûmes	suffi
vous	eûtes	suffi
ils	eurent	suffi

Futur simple
je	suffir ai
tu	suffir as
il	suffir a
nous	suffir ons
vous	suffir ez
ils	suffir ont

Futur antérieur
j'	aurai	suffi
tu	auras	suffi
il	aura	suffi
nous	aurons	suffi
vous	aurez	suffi
ils	auront	suffi

SUBJONCTIF

Présent
que je	suffis e
que tu	suffis es
qu'il	suffis e
que nous	suffis ions
que vous	suffis iez
qu'ils	suffis ent

Imparfait
que je	suffi sse
que tu	suffi sses
qu'il	suffi t
que nous	suffi ssions
que vous	suffi ssiez
qu'ils	suffi ssent

Passé
que j'	aie	suffi
que tu	aies	suffi
qu'il	ait	suffi
que nous	ayons	suffi
que vous	ayez	suffi
qu'ils	aient	suffi

Plus-que-parfait
que j'	eusse	suffi
que tu	eusses	suffi
qu'il	eût	suffi
que nous	eussions	suffi
que vous	eussiez	suffi
qu'ils	eussent	suffi

CONDITIONNEL

Présent
je	suffir ais
tu	suffir ais
il	suffir ait
nous	suffir ions
vous	suffir iez
ils	suffir aient

Passé 1re forme
j'	aurais	suffi
tu	aurais	suffi
il	aurait	suffi
nous	aurions	suffi
vous	auriez	suffi
ils	auraient	suffi

Passé 2e forme
j'	eusse	suffi
tu	eusses	suffi
il	eût	suffi
nous	eussions	suffi
vous	eussiez	suffi
ils	eussent	suffi

PARTICIPE

Présent **Passé**

suffisant suffi
       ayant suffi

INFINITIF

Présent **Passé**

suffire avoir suffi

IMPERATIF

Présent **Passé**

suffis	aie	suffi
suffisons	ayons	suffi
suffisez	ayez	suffi

Croître

注意：accroître, décroître, recroître
除直陳式現在時第三人稱單數外，其他字尾變化皆無長音符 ^

表 76

INDICATIF

Présent
je	croî s
tu	croî s
il	croî t
nous	croiss ons
vous	croiss ez
ils	croiss ent

Passé composé
j'	ai	crû
tu	as	crû
il	a	crû
nous	avons	crû
vous	avez	crû
ils	ont	crû

Imparfait
je	croiss ais
tu	croiss ais
il	croiss ait
nous	croiss ions
vous	croiss iez
ils	croiss aient

Plus-que-parfait
j'	avais	crû
tu	avais	crû
il	avait	crû
nous	avions	crû
vous	aviez	crû
ils	avaient	crû

Passé simple
je	cr ûs
tu	cr ûs
il	cr ût
nous	cr ûmes
vous	cr ûtes
ils	cr ûrent

Passé antérieur
j'	eus	crû
tu	eus	crû
il	eut	crû
nous	eûmes	crû
vous	eûtes	crû
ils	eurent	crû

Futur simple
je	croîtr ai
tu	croîtr as
il	croîtr a
nous	croîtr ons
vous	croîtr ez
ils	croîtr ont

Futur antérieur
j'	aurai	crû
tu	auras	crû
il	aura	crû
nous	aurons	crû
vous	aurez	crû
ils	auront	crû

SUBJONCTIF

Présent
que je	croiss e
que tu	croiss es
qu'il	croiss e
que nous	croiss ions
que vous	croiss iez
qu'ils	croiss ent

Imparfait
que je	crû sse
que tu	crû sses
qu'il	crû t
que nous	crû ssions
que vous	crû ssiez
qu'ils	crû ssent

Passé
que j'	aie	crû
que tu	aies	crû
qu'il	ait	crû
que nous	ayons	crû
que vous	ayez	crû
qu'ils	aient	crû

Plus-que-parfait
que j'	eusse	crû
que tu	eusses	crû
qu'il	eût	crû
que nous	eussions	crû
que vous	eussiez	crû
qu'ils	eussent	crû

CONDITIONNEL

Présent
je	croîtr ais
tu	croîtr ais
il	croîtr ait
nous	croîtr ions
vous	croîtr iez
ils	croîtr aient

Passé 1re forme
j'	aurais	crû
tu	aurais	crû
il	aurait	crû
nous	aurions	crû
vous	auriez	crû
ils	auraient	crû

Passé 2e forme
j'	eusse	crû
tu	eusses	crû
il	eût	crû
nous	eussions	crû
vous	eussiez	crû
ils	eussent	crû

PARTICIPE

Présent	Passé
croissant	(m.)crû ; (f.)crue
	ayant crû

INFINITIF

Présent	Passé
croître	avoir crû

IMPERATIF

Présent	Passé	
croîs	aie	crû
croissons	ayons	crû
croissez	ayez	crû

Résoudre

注意：absoudre, dissoudre 的過去分詞
分別為：absous, absoute (f) ; dissous, dissoute (f)

表77

INDICATIF

Présent
je	résou s
tu	résou s
il	résou t
nous	résolv ons
vous	résolv ez
ils	résolv ent

Passé composé
j'	ai	résolu
tu	as	résolu
il	a	résolu
nous	avons	résolu
vous	avez	résolu
ils	ont	résolu

Imparfait
je	résolv ais
tu	résolv ais
il	résolv ait
nous	résolv ions
vous	résolv iez
ils	résolv aient

Plus-que-parfait
j'	avais	résolu
tu	avais	résolu
il	avait	résolu
nous	avions	résolu
vous	aviez	résolu
ils	avaient	résolu

Passé simple
je	résol us
tu	résol us
il	résol ut
nous	résol ûmes
vous	résol ûtes
ils	résol urent

Passé antérieur
j'	eus	résolu
tu	eus	résolu
il	eut	résolu
nous	eûmes	résolu
vous	eûtes	résolu
ils	eurent	résolu

Futur simple
je	résoudr ai
tu	résoudr as
il	résoudr a
nous	résoudr ons
vous	résoudr ez
ils	résoudr ont

Futur antérieur
j'	aurai	résolu
tu	auras	résolu
il	aura	résolu
nous	aurons	résolu
vous	aurez	résolu
ils	auront	résolu

SUBJONCTIF

Présent
que je	résolv e
que tu	résolv es
qu'il	résolv e
que nous	résolv ions
que vous	résolv iez
qu'ils	résolv ent

Imparfait
que je	résolu sse
que tu	résolu sses
qu'il	résolû t
que nous	résolu ssions
que vous	résolu ssiez
qu'ils	résolu ssent

Passé
que j'	aie	résolu
que tu	aies	résolu
qu'il	ait	résolu
que nous	ayons	résolu
que vous	ayez	résolu
qu'ils	aient	résolu

Plus-que-parfait
que j'	eusse	résolu
que tu	eusses	résolu
qu'il	eût	résolu
que nous	eussions	résolu
que vous	eussiez	résolu
qu'ils	eussent	résolu

CONDITIONNEL

Présent
je	résoudr ais
tu	résoudr ais
il	résoudr ait
nous	résoudr ions
vous	résoudr iez
ils	résoudr aient

Passé 1re forme
j'	aurais	résolu
tu	aurais	résolu
il	aurait	résolu
nous	aurions	résolu
vous	auriez	résolu
ils	auraient	résolu

Passé 2e forme
j'	eusse	résolu
tu	eusses	résolu
il	eût	résolu
nous	eussions	résolu
vous	eussiez	résolu
ils	eussent	résolu

PARTICIPE

Présent	Passé
résolvant	résolu
	ayant résolu

INFINITIF

Présent	Passé
résoudre	avoir résolu

IMPERATIF

Présent
résous
résolvons
résolvez

Passé
aie résolu
ayons résolu
ayez résolu

Clore

éclore, enclore
罕用字，常以 clôturer, fermer 取代

表 78

INDICATIF

Présent

je	clo	s
tu	clo	s
il	clô	t
ils	clos	ent

Imparfait

Passé simple

Futur simple

je	clor	ai
tu	clor	as
il	clor	a
nous	clor	ons
vous	clor	ez
ils	clor	ont

Passé composé

j'	ai	clos
tu	as	clos
il	a	clos
nous	avons	clos
vous	avez	clos
ils	ont	clos

Plus-que-parfait

j'	avais	clos
tu	avais	clos
il	avait	clos
nous	avions	clos
vous	aviez	clos
ils	avaient	clos

Passé antérieur

j'	eus	clos
tu	eus	clos
il	eut	clos
nous	eûmes	clos
vous	eûtes	clos
ils	eurent	clos

Futur antérieur

j'	aurai	clos
tu	auras	clos
il	aura	clos
nous	aurons	clos
vous	aurez	clos
ils	auront	clos

SUBJONCTIF

Présent

que je	clos	e
que tu	clos	es
qu'il	clos	e
que nous	clos	ions
que vous	clos	iez
qu'ils	clos	ent

Imparfait

Passé

que j'	aie	clos
que tu	aies	clos
qu'il	ait	clos
que nous	ayons	clos
que vous	ayez	clos
qu'ils	aient	clos

Plus-que-parfait

que j'	eusse	clos
que tu	eusses	clos
qu'il	eût	clos
que nous	eussions	clos
que vous	eussiez	clos
qu'ils	eussent	clos

CONDITIONNEL

Présent

je	clor	ais
tu	clor	ais
il	clor	ait
nous	clor	ions
vous	clor	iez
ils	clor	aient

Passé 1re forme

j'	aurais	clos
tu	aurais	clos
il	aurait	clos
nous	aurions	clos
vous	auriez	clos
ils	auraient	clos

Passé 2e forme

j'	eusse	clos
tu	eusses	clos
il	eût	clos
nous	eussions	clos
vous	eussiez	clos
ils	eussent	clos

PARTICIPE

Présent	Passé
closant	clos
	ayant clos

INFINITIF

Présent	Passé
clore	avoir clos

IMPERATIF

Présent	Passé
clos	aie clos
	ayons clos
	ayez clos

Seoir

messeoir
罕用字，常以 aller（適合），convenir 取代

INDICATIF

Présent

| il | sie d |
| ils | sié ent |

Passé composé

Imparfait

| il | sey ait |
| ils | sey aient |

Plus-que-parfait

Passé simple

Passé antérieur

Futur simple

| il | siér a |
| ils | siér ont |

Futur antérieur

SUBJONCTIF

Présent

| qu'il | sié e |
| qu'ils | sié ent |

Imparfait

Passé

Plus-que-parfait

CONDITIONNEL

Présent

| il | siér ait |
| ils | siér aient |

Passé 1re forme

Passé 2e forme

PARTICIPE

Présent **Passé**

séant (seyant)

INFINITIF

Présent **Passé**

seoir

IMPERATIF

Présent **Passé**

Choir

罕用字，常以 tomber 取代   表 80

INDICATIF

Présent
je chois
tu chois
il choit
ils choient

Imparfait

Passé simple
je ch us
tu ch us
il ch ut
nous ch ûmes
vous ch ûtes
ils ch urent

Futur simple
je choir ai
tu choir as
il choir a
ils choir ont

Passé composé
j' ai chu
tu as chu
il a chu
nous avons chu
vous avez chu
ils ont chu

Plus-que-parfait
j' avais chu
tu avais chu
il avait chu
nous avions chu
vous aviez chu
ils avaient chu

Passé antérieur
j' eus chu
tu eus chu
il eut chu
nous eûmes chu
vous eûtes chu
ils eurent chu

Futur antérieur
j' aurai chu
tu auras chu
il aura chu
nous aurons chu
vous aurez chu
ils auront chu

SUBJONCTIF

Présent

Imparfait
qu'il chût

Passé

Plus-que-parfait

CONDITIONNEL

Présent
je choir ais
tu choir ais
il choir ait
ils choir aient

Passé 1re forme
j' aurais chu
tu aurais chu
il aurait chu
nous aurions chu
vous auriez chu
ils auraient chu

Passé 2e forme

PARTICIPE

Présent / Passé
chu
ayant chu

INFINITIF

Présent / Passé
choir   avoir chu

IMPERATIF

Présent / Passé

Echoir

罕用字，常用於以下慣用語：le cas échéant

INDICATIF

Présent

| il | échoit |
| ils | échoient |

Imparfait

Passé simple

| il | échut |
| ils | échurent |

Futur simple

| il | échoir a |
| ils | échoir ont |

Passé composé

Plus-que-parfait

Passé antérieur

Futur antérieur

SUBJONCTIF

Présent

| qu'il | échoie |

Imparfait

| qu'il | échût |

Passé

Plus-que-parfait

CONDITIONNEL

Présent

| il | échoir ait |
| ils | échoir aient |

Passé 1re forme

Passé 2e forme

PARTICIPE

Présent **Passé**

échéant   échu

INFINITIF

Présent **Passé**

échoir

IMPERATIF

Présent **Passé**

Déchoir

罕用字，表示 décliner, descendre, tomber

表 82

INDICATIF

Présent

je	déchoi s
tu	déchoi s
il	déchoi t
nous	déchoy ons
vous	déchoy ez
ils	déchoi ent

Passé composé

Imparfait

Plus-que-parfait

Passé simple

je	déchus

Passé antérieur

Futur simple

je	déchoir ai
tu	déchoir as
il	déchoir a
nous	déchoir ons
vous	déchoir ez
ils	déchoir ont

Futur antérieur

SUBJONCTIF

Présent

que je	déchoi e
que nous	déchoy ions

Imparfait

que je	déchusse

Passé

Plus-que-parfait

CONDITIONNEL

Présent

je	déchoir ais
tu	déchoir ais
il	déchoir ait
nous	déchoir ions
vous	déchoir iez
ils	déchoir aient

Passé 1re forme

Passé 2e forme

PARTICIPE

Présent **Passé**

déchu

INFINITIF

Présent **Passé**

déchoir

IMPERATIF

Présent **Passé**

Ouïr

表 83

罕用字，常以 entendre 取代

INDICATIF

Présent

j'　　oi s
tu　　oi s
il　　　oi t
nous　oy ons
vous　oy ez
ils　　 oi ent

Imparfait

j'　　oyais

Passé simple

j'　　ouïs

Futur simple

j'　　ouïrai
j'　　orrai
j'　　oirai

Passé composé

j'　　ai　　ouï

Plus-que-parfait

j'　　avais　ouï

Passé antérieur

j'　　eus　　ouï

Futur antérieur

j'　　aurai　ouï

SUBJONCTIF

Présent

que j'　oi e
　　　　oi es
　　　　oi e
　　　　oy ions
　　　　oy iez
　　　　oi ent

Imparfait

que je　ouïsse

Passé

que j'　aie　ouï

Plus-que-parfait

que j'　eusse　ouï

CONDITIONNEL

Présent

j'　　ouïrais
j'　　orrais
j'　　oirais

Passé 1ʳᵉ forme

j'　　aurais　ouï

Passé 2ᵉ forme

PARTICIPE

Présent　**Passé**

oyant　　ouï
　　　　ayant ouï

INFINITIF

Présent　**Passé**

ouïr　　avoir ouï

IMPERATIF

Présent　**Passé**

ois
oyons
oyez

105

Gésir

罕用字，僅見於碑銘：Ci-gît xxx（xxx 常眠此地）

表 84

INDICATIF | SUBJONCTIF

Présent
je   gi s
tu   gi s
il   gî t
nous gis ons
vous gis ez
ils   gis ent

Passé composé

Présent

Imparfait
je   gis ais
tu   gis ais
il   gis ait
nous gis ions
vous gis iez
ils   gis aient

Plus-que-parfait

Imparfait

Passé simple

Passé antérieur

Passé

Futur simple

Futur antérieur

Plus-que-parfait

CONDITIONNEL

Présent

Passé 1re forme

Passé 2e forme

PARTICIPE | INFINITIF | IMPERATIF

Présent Passé
gisant

Présent Passé
gésir

Présent Passé

Paître

罕用字，常以 brouter 取代　　　　　　　　　表 85

INDICATIF

Présent

je	pai s
tu	pai s
il	paî t
nous	paiss ons
vous	paiss ez
ils	paiss ent

Imparfait

je	paiss ais
tu	paiss ais
il	paiss ait
nous	paiss ions
vous	paiss iez
ils	paiss aient

Passé simple

Futur simple

je	paîtr ai
tu	paîtr as
il	paîtr a
nous	paîtr ons
vous	paîtr ez
ils	paîtr ont

Passé composé

Plus-que-parfait

Passé antérieur

Futur antérieur

SUBJONCTIF

Présent

que je	paiss e
que tu	paiss es
qu'il	paiss e
que nous	paiss ions
que vous	paiss iez
qu'ils	paiss ent

Imparfait

Passé

Plus-que-parfait

CONDITIONNEL

Présent

je	paîtr ais
tu	paîtr ais
il	paîtr ait
nous	paîtr ions
vous	paîtr iez
ils	paîtr aient

Passé 1re forme

Passé 2e forme

PARTICIPE

Présent　Passé

paissant

INFINITIF

Présent　Passé

paître

IMPERATIF

Présent　Passé

pais
paissez

107

表 76 croître 和其複合字 accroître, décroître, recroître，當字根 i 之後接 t 時，必須接長音符，如：il croît, je croîtrai, il accroît, il décroîtra, ...

但 croître 和表 56 croire 動詞變化相同部分，必須加長音符，以便區分。另外三個動詞無此困擾，也就沒必要加長音符。

croire	croître	accroître
Je crois	Je croîs	J'accrois
Tu crois	Tu croîs	Tu accrois
Il croit	Il croît	Il accroît
Je crus	Je crûs	J'accrus
Tu crus	Tu crûs	Tu accrus
Il crut	Il crût	Il accrut
Nous crûmes	Nous crûmes	Nous accrûmes
Vous crûtes	Vous crûtes	Vous accrûtes
Ils crurent	Ils crûrent	Ils accrurent
cru	crû (m.), crue (f.)	accru

為與形容詞 recru（充滿…的）區別，recroître 的過去分詞必須加長音符：recrû

動詞索引

A

abasourdir 18
abâtardir 18
abattre 61
abécher 9
abêtir 18
ablatir 18
abolir 18
abonnir 18
aboutir 18
aboyer 12
abréger 15
abroger 10
abrutir 18
absoudre 77
abstenir 22
abstraire 66
accéder 9
accélérer 9
accomplir 18
accourcir 18
accourir 21
accroître 76
accroupir 18
accueillir 30
acheter 7
achever 8
acquérir 29
acquiescer 11
adhérer 9

adjoindre 63
adjuger 10
admettre 52
adoucir 18
advenir 22
aérer 9
affadir 18
affaiblir 18
affermir 18
affilier 17
affliger 10
affour(r)ager 10
affranchir 18
affréter 9
agacer 11
agencer 11
agglomérer 9
agir 18
agonir 18
agrandir 18
agréer 16
agréger 15
aguerrir 18
ahurir 18
aigrir 18
alanguir 18
alentir 18
aliéner 9
allécher 9

alléger 15
allégir 18
alléguer 9
aller 20
allier 17
allonger 10
alourdir 18
altérer 9
alunir 18
amaigrir 18
amatir 18
aménager 10
amener 8
amerrir 18
ameublir 18
amincir 18
amnistier 17
amoindrir 18
amollir 18
amonceler 6
amorcer 11
amortir 18
amplifier 17
amuïr 18
anéantir 18
anémier 17
anesthésier 17
annoncer 11
anoblir 18

為節省篇幅並方便檢索，本索引不收錄表 5 的規則動詞

A

anordir 18
apercevoir 38
apitoyer 12
aplanir 18
aplatir 18
apostasier 17
apparaître 55
apparier 17
appartenir 22
appauvrir 18
appeler 6
appesantir 18
appaludir 18
appointir 18
apprécier 17
apprendre 51
approfondir 18
approprier 17
appuyer 12
arquepincer 11
arranger 10
arroger 10

arrondir 18
asperger 10
asphyxier 17
assagir 18
assaillir 33
assainir 18
assécher 9
assener 8
asséner 9
asseoir 36, 37
asservir 18
assiéger 15
associer 17
assombrir 18
assortir 18
assoupir 18
assouplir 18
assourdir 18
assouvir 18
assujettir 18
astreindre 62
atermoyer 12

atrophier 17
atteindre 62
atteler 6
attendre 60
attendrir 18
atterrir 18
attiédir 18
authentifier 17
autofinancer 11
autographier 17
autopsier 17
avachir 18
avancer 11
avantager 10
avarier 17
avérer 9
avertir 18
aveulir 18
avilir 18
avoir 2

B

balancer 11
balayer 13
balbutier 17
bannir 18
banqueter 6
baréter 9
barrir 18
bâtir 18
battre 61

bauger 10
béatifier 17
becqueter 6
bégayer 13
bénéficier 17
bénir 18
béquer 9
béqueter 6
bercer 11

bêtifier 17
blanchir 18
blanchoyer 12
blasphémer 9
blêmir 18
blettir 18
bleuir 18
blondir 18
blottir 18

110

B

boire 54
bondir 18
bonifier 17
bosseler 6
bouffir 18

bouger 10
bouillir 31
braire 66
brandir 18
bréler 9

bridger 10
broyer 12
bruir 18
brunir 18

C

cacheter 6
caleter 7
calligraphier 17
calmir 18
calomnier 17
candir 18
canneler 6
caqueter 6
carencer 11
caréner 9
carier 17
carnifier 17
carreler 6
carroyer 12
catir 18
céder 9
ceindre 62
célébrer 9
certifier 17
chanceler 6
chancir 18
changer 10
charger 10
charrier 17
charroyer 12

châtier 17
chatoyer 12
chauvir 18
chérer 9
chérir 18
choir 80
choisir 18
choyer 12
chronométrer 9
cinématographier 17
circoncire 75
circonscrire 58
circonvenir 22
ciseler 7
clapir 18
clarifier 17
classifier 17
cléber 9
cliqueter 6
clore 78
codifier 17
coincer 11
colorier 17
combattre 61
commencer 11

commercer 11
commérer 9
commettre 52
communier 17
comparaître 55
compatir 18
compéter 9
complaire 67
compléter 9
complexifier 17
comprendre 51
compromettre 52
concéder 9
concélébrer 9
concevoir 38
concilier 17
conclure 71
concourir 21
concurrencer 11
condescendre 60
conduire 57
confédérer 9
conférer 9
confier 17
confire 75

C

confondre 60
congédier 17
congeler 7
cônir 18
connaître 55
conquérir 29
consentir 26
considérer 9
construire 57
contenir 22
contraindre 64
contrarier 17
contrebalancer 11
contrebattre 61
contredire 70
contrefaire 53
contrevenir 22
convaincre 65
convenir 22

converger 10
convertir 18
convier 17
convoyer 12
coopérer 9
copier 17
correspondre 60
corriger 10
corrompre 60
corseter 7
cotir 18
côtoyer 12
coudoyer 12
coudre 59
courir 21
courroucer 11
couvrir 24
craindre 64
craqueler 6

craqueter 6
créer 16
crémer 9
créneler 6
créner 9
crépir 18
crever 8
crier 17
crocheter 7
croire 56
croître 76
crounir 18
croupir 18
crucifier 17
cueillir 30
cuire 57
cureter 6
cuveler 6

D

dactylographier 17
débâtir 18
débattre 61
débecqueter 6
déblatérer 9
déblayer 13
débleuir 18
débrayer 13
décacheter 6
décalcifier 17
décatir 18

décéder 9
déceler 7
décélérer 9
décevoir 38
décharger 10
déchiqueter 6
déchoir 82
décolleter 6
décongeler 7
décontenancer 11
découdre 59

décourager 10
découvrir 24
décrépir 18
décréter 9
décrier 17
décrire 58
décroître 76
dédicacer 11
dédier 17
dédire 70
dédommager 10

112

D

déduire 57
défaillir 33
défaire 53
défendre 60
déféquer 9
déférer 9
déficeler 6
défier 17
définir 18
défleurir 18
défoncer 11
défraîchir 18
défrayer 13
défroncer 11
dégager 10
dégarnir 18
dégauchir 18
dégeler 7
dégénérer 9
déglutir 18
dégorger 10
dégourdir 18
dégrever 8
dégrossir 18
déguerpir 18
déifier 17
déjaunir 18
déjuger 10
délacer 11
délayer 13
déléguer 9
délibérer 9
délier 17
délinéer 16

déloger 10
démaigrir 18
démanger 10
démanteler 7
démarier 17
déménager 10
démener 8
démentir 26
démettre 52
démolir 18
démordre 60
démultiplier 17
démunir 18
démurger 10
démuseler 6
démystifier 17
démythifier 17
dénantir 18
déneiger 10
dénier 17
dénoncer 11
dépaqueter 6
départager 10
départir 26
dépecer 8
(注意 c → ç)
dépeindre 62
dépendre 60
dépérir 18
déplacer 11
déplaire 67
déplier 17
déployer 12
dépolir 18

déposséder 9
dépoussiérer 9
déprécier 17
déprendre 51
déraidir 18
déranger 10
dérégler 9
dérelier 17
déroger 10
désagréger 15
désaltérer 9
désamorcer 11
désapparier 17
désapprendre 51
désassortir 18
désavantager 10
descendre 60
désempeser 8
désemplir 18
désengager 10
désengorger 10
désengrener 8
désenlaidir 18
désennuyer 12
désépaissir 18
désespérer 9
désétablir 18
déshumidifier 17
désintégrer 9
désinvestir 18
désobéir 18
désobliger 10
désoxygéner 9
dessaisir 18

D

dessécher 9	dévier 17	dissoudre 77
dessertir 18	dévisager 10	distancer 11
desservir 25	devoir 45	distendre 60
désunir 18	différencier 17	distraire 66
déteindre 62	différer 9	diverger 10
dételer 6	digérer 9	diversifier 17
détendre 60	dire 70	divertir 18
détenir 22	diriger 10	divorcer 11
détordre 60	disconvenir 22	domicilier 17
détréper 9	discourir 21	dormir 23
détruire 57	disgracier 17	doucir 18
devancer 11	disjoindre 63	dragéifier 17
devenir 22	disparaître 55	durcir 18
déverdir 18	disqualifier 17	duveter 6
dévernir 18	disséquer 9	
dévêtir 27	dissocier 17	

E

ébahir 18	écrier 17	élégir 18
ébattre 61	écrire 58	élever 8
ébaubir 18	écrouir 18	élire 69
ébaudir 18	édifier 17	émarger 10
éblouir 18	effacer 11	embellir 18
ébrécher 9	effleurir 18	emboutir 18
écarteler 7	efforcer 11	embrayer 13
échanger 10	effrayer 13	embrunir 18
échoir 81	égayer 13	émécher 9
éclaircir 18	égorger 10	émerger 10
éclore 78	égrener 8	émettre 52
éconduire 57	élancer 11	emménager 10
écorcer 11	élargir 18	emmener 8
écrémer 9	électrifier 17	emmétrer 9

E

émouvoir 47
empaqueter 6
empeser 8
empiéter 9
emplir 18
employer 12
empoussiérer 9
empreindre 62
empuantir 18
enchérir 18
enchifrener 8
enclore 78
encourager 10
encourir 21
endommager 10
endormir 23
enduire 57
endurcir 18
enfiévrer 9
enfoncer 11
enforcir 18
enfouir 18
enfreindre 62
enfuir 32
engager 10
englacer 11
engloutir 18
engoncer 11
engorger 10
engourdir 18
engranger 10
enhardir 18
enjoindre 63
enlacer 11

enlaidir 18
enlever 8
enneiger 10
ennoblir 18
ennoyer 12
ennuyer 12
énoncer 11
enorgueillir 18
enquérir 29
enrager 10
enrayer 13
enrichir 18
ensemencer 11
ensevelir 18
ensorceler 6
ensuivre 73
entendre 60
enténébrer 9
entrapercevoir 38
entrebattre 61
entre-détruire 57
entre-haïr 19
entrelacer 11
entremettre 52
entreprendre 51
entretenir 22
entrevoir 48
entrobliger 10
entrouvrir 24
énumérer 9
envahir 18
envieillir 18
envier 17
envisager 10

envoyer 14
épaissir 18
épanouir 18
épeler 6
éperdre 60
épicer 11
épier 17
épinceter 6
éponger 10
épousseter 6
époutir 18
éprendre 51
épucer 11
équarrir 18
équivaloir 41
ériger 10
esbaudir 18
espacer 11
espérer 9
essanger 10
essayer 13
essuyer 12
estropier 17
établir 18
étager 10
étalager 10
étayer 13
éteindre 62
étendre 60
étinceler 6
étiqueter 6
étourdir 18
être 1
étrécir 18

115

E

étreindre 62
étudier 17
évanouir 18
évincer 11
exagérer 9
exaspérer 9
exaucer 11
excéder 9

exclure 71
excommunier 17
exécrer 9
exemplifier 17
exercer 11
exiger 10
exonérer 9
expatrier 17

expédier 17
expier 17
exproprier 17
expurger 10
extasier 17
extaire 66

F

faiblir 18
faillir 34, 35
faire 53
falloir 40
falsifier 17
farcir 18
fédérer 9
feindre 62
fendre 60
festoyer 12
feuilleter 6
fiancer 11
ficeler 6
fier 17
figer 10
financer 11

finir 18
flamboyer 12
flécher 9
fléchir 18
fleurir 18
foncer 11
fondre 60
forcir 18
forger 10
forlancer 11
forlonger 10
fortifier 17
fossoyer 12
foudroyer 12
fouir 18
fourbir 18

fournir 18
fourrager 10
fourvoyer 12
fraîchir 18
franchir 18
frayer 13
frémir 18
fréter 9
frigorifier 17
froidir 18
froncer 11
fructifier 17
fuir 32
fureter 7
fustiger 10

G

gager 10
gangrener 8
garantir 18
garnir 18
gauchir 18
geindre 62
geler 7
gémir 18
gercer 11
gérer 9
gésir 84

glacer 11
glapir 18
glorifier 17
goberger 10
gorger 10
gracier 17
grandir 18
gratifier 17
gravir 18
gréer 16
grener 8

grever 8
grillager 10
grimacer 11
grincer 11
grommeler 6
grossir 18
gruger 10
guéer 16
guérir 18

H

haïr 19
haleter 7
harceler 6
havir 18
héberger 10
hébéter 9

héler 9
hennir 18
herbager 10
honnir 18
hoqueter 6
horrifier 17

hourdir 18
humidifier 17
humilier 17
hypertrophier 17
hypothéquer 9

I

identifier 17
immerger 10
immiscer 11
impartir 18
imprégner 9
incarcérer 9
incendier 17
incinérer 9
inclure 71

indicer 11
indifférer 9
induire 57
inférer 9
infléchir 18
infliger 10
influencer 11
ingénier 17
ingérer 9

initier 17
injurier 17
inquiéter 9
inscrire 58
insérer 9
instruire 57
insurger 10
intégrer 9
intensifier 17

I

intercéder 9
interdire 70
interférer 9
interjeter 6
interpénétrer 9

interpréter 9
interroger 10
interrompre 60
intervenir 22
intervertir 18

introduire 57
inventorier 17
invertir 18
investir 18
irradier 17

J

jaillir 18
jauger 10
jaunir 18

javeler 6
jeter 6
joindre 63

jouir 18
juger 10
justifier 17

K

kilométrer 9

L

lacer 11
lacérer 9
lancer 11
langer 10
languir 18
larmoyer 12
lécher 9
légiférer 9
léguer 9
léser 9

lever 8
libérer 9
licencier 17
liéger 15
lier 17
limoger 10
linger 10
liquéfier 17
lire 69
liserer 7

lisérer 9
lithographier 17
loger 10
longer 10
lotir 18
louanger 10
louvoyer 12
lubrifier 17
luire 57

M

macérer 9
magnifier 17
maigrir 18
mainmettre 52
maintenir 22
malmener 8
manager 10
manger 10
manier 17
manigancer 11
marier 17
marteler 7
mastéguer 9
matir 18
maudire 18
maugréer 16
méconnaître 55
mécoire 56
médire 70

méfier 17
mégir 18
méjuger 10
mélanger 10
menacer 11
ménager 10
mendier 17
mener 8
mentir 26
méprendre 51
mésallier 17
messeoir 79
métrer 9
mettre 52
meurtrir 18
modeler 7
modérer 9
modifier 17
moisir 18

mollir 18
momifier 17
monnayer 13
morceler 6
mordre 60
morfier 17
morfondre 60
morigéner 9
mortifier 17
moudre 72
mourir 28
mouvoir 47
mugir 18
multiplier 17
munir 18
mûrir 18
museler 6
mystifier 17

N

nager 10
naître 68
nantir 18
naufrager 10
nazifier 17
négliger 10

négocier 17
neiger 10
nettoyer 12
nier 17
niveler 6
noircir 18

nordir 18
notifier 17
nourrir 18
nuancer 11
nuire 57

O

obéir 18
obliger 10
oblitérer 9
obscurcir 18
obséder 9
obtenir 22
octoyer 12
officier 17

offrir 24
oindre 63
ombrager 10
omettre 52
ondoyer 12
opacifier 17
opérer 9
opiacer 11

ordonnancer 11
orthographier 17
ossifier 17
oublier 17
ouïr 83
outrager 10
ouvrir 24
oxygéner 9

P

pacager 10
pacifier 17
pagayer 13
pager 10
pailleter 6
paître 85
pâlir 18
pallier 17
panifier 17
parachever 8
paraître 55
parcourir 21
parfaire 53
parier 17
parodier 17
parqueter 6
parsemer 8
partager 10
partir 26
parvenir 22
patauger 10
pâtir 18

payer 13
pécher 9
peindre 62
peler 7
pelleter 6
pendre 60
pénétrer 9
pépier 17
percer 11
percevoir 38
perdre 60
périr 18
permettre 52
perpétrer 9
persévérer 9
personnifier 17
pervertir 18
peser 8
péter 9
pétrifier 17
pétrir 18
photocopier 17

photographier 17
piéger 15
pincer 11
pioger 10
piqueter 6
placer 11
plagier 17
plaindre 64
plachéier 17
planifier 17
pleuvoir 39
plier 17
plonger 10
ployer 12
poindre 63
polir 18
polycopier 17
poncer 11
pondre 60
pontifier 17
posséder 9

P

pourfendre 60
pourrir 18
poursuivre 73
pourvoir 43
pouvoir 44
préacheter 7
précéder 9
prédire 70
préétablir 18
préfacer 11
préférer 9
préjuger 10
prélever 8
prémunir 18
prendre 51
présager 10

prescrire 58
pressentir 26
prétendre 60
prévaloir 41
prévenir 22
prévoir 48
prier 17
procéder 9
procréer 16
produire 57
proférer 9
projeter 6
proliférer 9
prolonger 10
promener 8
promettre 52

promouvoir 47
prononcer 11
propager 10
proroger 10
proscrire 58
prospérer 9
protéger 15
provenir 22
psalmodier 17
publier 17
punir 18
purger 10
purifier 17
putréfier 17

Q

qualifier 17

R

r(é)apprendre 51
r(é)assortir 18
r(é)écrire 58
r(é)employer 12
r(é)engager 10
r(é)essayer 13
rabattre 61
rabonnir 18
rabougrir 18
raccourcir 18

racheter 7
racornir 18
radier 17
radiographier 17
radiotélégraphier 17
radoucir 18
raffermir 18
rafraîchir 18
ragaillardir 18
rager 10

ragréer 16
raidir 18
rajeunir 18
ralentir 18
ralléger 10
rallier 17
rallonger 10
ramager 10
ramener 8
ramifier 17

R

ramollir 18
rancir 18
ranger 10
rapatrier 17
rapiécer 9
(注意 c → ç)
raplatir 18
rappeler 6
rassasier 17
rasseoir 36, 37
rasséréner 9
ratifier 17
ravager 10
ravilir 18
ravir 18
rayer 13
razzier 17
réagir 18
réamorcer 11
réapparaître 55
réarranger 10
rebâtir 18
rebattre 61
reblanchir 18
rebondir 18
recalcifier 17
recarreler 6
recéder 9
receler 7
recéler 9
recevoir 38
rechampir 18
réchampir 18
recharger 10

recommencer 11
recomparaître 55
réconcilier 17
reconduire 57
reconnaître 55
reconquérir 29
reconsidérer 9
reconstruire 57
reconvertir 18
recopier 17
recorriger 10
recoudre 59
recourir 21
recouvrir 24
recréer 16
recrépir 18
récrier 17
recroître 76
rectifier 17
recueillir 30
recuire 57
récupérer 9
redécouvrir 24
redéfaire 53
redémolir 18
redescendre 60
redevenir 22
rédiger 10
redire 70
réduire 57
réélire 69
réensemencer 11
réentendre 60
réexpédier 17

refaire 53
référer 9
réfléchir 18
refléter 9
refleurir 18
refondre 60
refréner 9
réfrigérer 9
refroidir 18
réfugier 17
regarnir 18
régénérer 9
régir 18
régler 9
régner 9
regorger 10
regrossir 18
réifier 17
réinscrire 58
réinsérer 9
réintégrer 9
réinterpréter 9
réintroduire 57
réinvestir 18
réitérer 9
rejaillir 18
rejeter 6
rejoindre 63
réjouir 18
relancer 11
rélargir 18
relayer 13
reléguer 9
relever 8

R

relier 17
relire 69
reloger 10
reluire 57
remanger 10
remanier 17
remarier 17
remblayer 13
rembrunir 18
remédier 17
remercier 17
remettre 52
remmener 8
remordre 60
rempaqueter 6
remplacer 11
remplir 18
remployer 12
rémunérer 9
renaître 68
renchérir 18
rendormir 23
rendre 60
renfoncer 11
renforcer 11
rengager 10
rengorger 10
rengracier 17
rengrener 8
rengréner 9
renier 17
renoncer 11
renouveler 6
rentrouvrir 24

renvier 17
renvoyer 14
réopérer 9
répandre 60
reparaître 55
repartager 10
répartir 18
repartir 26
repeindre 62
rependre 60
repentir 26
reperdre 60
repérer 9
répertorier 17
répéter 9
repincer 11
replacer 11
repleuvoir 39
replier 17
replonger 10
reployer 12
repolir 18
répondre 60
reprendre 51
reproduire 57
reprographier 17
répudier 17
requérir 29
res(s)urgir 18
resalir 18
résilier 17
résoudre 77
resplendir 18
ressaisir 18

ressemeler 6
ressentir 26
resservir 25
ressortir 26
ressouvenir 22
ressuyer 12
restreindre 62
rétablir 18
reteindre 62
retendre 60
retenir 22
retentir 18
retercer 11
retracer 11
retraduire 57
retransmettre 52
rétrécir 18
rétroagir 18
rétrocéder 9
réunifier 17
réunir 18
réussir 18
revaloir 41
révéler 9
revendre 60
revenir 22
réverbérer 9
reverdir 18
révérer 9
revêtir 27
revivifier 17
revivre 74
revoir 48
rincer 11

123

R

rire 50
roidir 18
romancer 11
rompre 60
rondir 18
ronger 10

rosir 18
rôtir 18
rougeoyer 12
rougir 18
rouir 18
roussir 18

roustir 18
rouvrir 24
rudoyer 12
rugir 18
ruisseler 6

S

saccager 10
sacrifier 17
saillir 33
saisir 18
salarier 17
salir 18
sanctifier 17
satisfaire 53
saucer 11
saurir 18
savoir 46
scier 17
sécher 9
secourir 21
sécréter 9
séduire 57
semer 8
sentir 26
seoir 79
serfouir 18
sérier 17
sertir 18
servir 25
sévir 18
sidérer 9
siéger 15
signifier 17

simplifier 17
singer 10
skier 17
solfier 17
solidifier 17
songer 10
sortir 26
soucier 17
soudoyer 12
souffleter 6
souffrir 24
soulager 10
soulever 8
soumettre 52
soupeser 8
sourire 50
souscrire 58
sous-entendre 60
sous-tendre 60
soustraire 66
soutenir 22
souvenir 22
spécifier 17
spolier 17
sténographier 17
strier 17
stupéfier 17

subir 18
submerger 10
subvenir 22
succéder 9
sucer 11
suffire 75
suggérer 9
suivre 73
superfinir 18
suppléer 16
supplicier 17
supplier 17
surcharger 10
surélever 8
surenchérir 18
surfaire 53
surgir 18
surir 18
surmener 8
surnager 10
surprendre 51
surseoir 49
survenir 22
survivre 74
suspendre 60

T

tacheter 6
taire 67
tancer 11
tapir 18
tarir 18
tartir 18
taveler 6
teindre 62
télécopier 17
télégraphier 17
tempérer 9
tendre 60
tenir 22
ternir 18
terrifier 17
téter 9
tiédir 18
tolérer 9
tondre 60
tonifier 17
tordre 60
toréer 16
torréfier 17
tournoyer 12
tracer 11
traduire 57
trahir 18
traire 66
transcrire 58
transférer 9
transiger 10
transir 18
transmettre 52
transparaître 55
transpercer 11
travestir 18
treillager 10
tressaillir 33
trier 17
tutoyer 12

U

ulcérer 9
unifier 17
unir 18

V

vagir 18
vaincre 65
valoir 41
varier 17
végéter 9
vendanger 10
vendre 60
vénérer 9
venger 10
venir 22
verdir 18
verdoyer 12
verglacer 11
verifier 17
vernir 18
versifier 17
vêtir 27
vicier 17
vidanger 10
vieillir 18
violacer 11
vioquir 18
vitupérer 9
vivifier 17
vivre 74
vociférer 9
voir 48
voleter 6
voltiger 10
vomir 18
vouloir 42
vousoyer 12
voussoyer 12
vouvoyer 12
voyager 10
vrombir 18

Z

zébrer 9
zézayer 13

Cahier

相同動詞變化索引

表 1
être

表 2
avoir

表 6

amonceler	décolleter	morceler
appeler	déficeler	museler
atteler	démuseler	niveler
banqueter	dépaqueter	pailleter
becqueter	dételer	parqueter
béqueter	duveter	pelleter
bosseler	empaqueter	piqueter
cacheter	ensorceler	projeter
canneler	épeler	rappeler
caqueter	épinceter	recarreler
carreler	épousseter	rejeter
chanceler	étinceler	rempaqueter
cliqueter	étiqueter	renouveler
craqueler	feuilleter	ressemeler
craqueter	ficeler	ruisseler
créneler	grommeler	souffleter
cureter	harceler	tacheter
cuveler	hoqueter	taveler
débecqueter	interjeter	voleter
décacheter	javeler	
déchiqueter	jeter	

表 7

acheter	congeler	déceler
caleter	corseter	décongeler
ciseler	crocheter	dégeler

表 7

démanteler	haleter	peler
écarteler	liserer	préacheter
fureter	marteler	racheter
geler	modeler	receler

表 8

achever	emmener	peser
amener	empeser	prélever
assener	enchifrener	promener
crever	enlever	ramener
dégrever	gangrener	relever
démener	grener	remmener
dépecer	grever	rengrener
(注意 c → ç)	lever	semer
désempeser	malmener	soulever
désengrener	mener	soupeser
égrener	parachever	surélever
élever	parsemer	surmener

表 9

abécher	assécher	chronométrer
accéder	asséner	cléber
accélérer	avérer	commérer
adhérer	baréter	compéter
aérer	béquer	compléter
affréter	blasphémer	concéder
agglomérer	bréler	concélébrer
aliéner	caréner	confédérer
allécher	céder	conférer
alléguer	célébrer	considérer
altérer	chérer	coopérer

表 9

crémer	exaspérer	métrer
créner	excéder	modérer
déblatérer	exécrer	morigéner
décéder	exonérer	oblitérer
décélérer	fédérer	obséder
décréter	flécher	opérer
déféquer	fréter	oxygéner
déférer	gérer	pécher
dégénérer	hébéter	pénétrer
déléguer	héler	perpétrer
délibérer	hypothéquer	persévérer
déposséder	imprégner	péter
dépoussiérer	incarcérer	posséder
dérégler	incinérer	précéder
désaltérer	indifférer	préférer
désespérer	inférer	procéder
désintégrer	ingérer	proférer
désoxygéner	inquiéter	proliférer
dessécher	insérer	prospérer
détréper	intégrer	rapiécer
différer	intercéder	rasséréner
digérer	interférer	recéder
disséquer	interpénétrer	recéler
ébrécher	interpréter	reconsidérer
écrémer	kilométrer	récupérer
émécher	lacérer	référer
emmétrer	lécher	refléter
empiéter	légiférer	refréner
empoussiérer	léguer	réfrigérer
enfiévrer	léser	régénérer
enténébrer	libérer	régler
énumérer	lisérer	régner
espérer	macérer	réinsérer
exagérer	mastéguer	réintégrer

表 9

réinterpréter	**révéler**	téter
réitérer	réverbérer	tolérer
reléguer	révérer	transférer
rémunérer	sécher	ulcérer
rengréner	sécréter	végéter
réopérer	sidérer	vénérer
repérer	succéder	vitupérer
répéter	suggérer	vociférer
rétrocéder	tempérer	zébrer

表 10

abroger	dégorger	emménager
adjuger	déjuger	encourager
affliger	déloger	endommager
affour(r)ager	démanger	engager
allonger	déménager	engorger
aménager	démurger	engranger
arranger	déneiger	enneiger
arroger	départager	enrager
asperger	déranger	entrobliger
avantager	déroger	envisager
bauger	désavantager	éponger
bouger	désengager	ériger
bridger	désengorger	essanger
changer	désobliger	étager
charger	dévisager	étalager
converger	diriger	exiger
corriger	diverger	expurger
décharger	échanger	figer
décourager	égorger	forger
dédommager	émarger	forlonger
dégager	émerger	fourrager

表 10

fustiger	naufrager	recharger
gager	négliger	recorriger
goberger	neiger	rédiger
gorger	obliger	regorger
grillager	ombrager	reloger
gruger	outrager	remanger
héberger	pacager	rengager
herbager	pager	rengorger
immerger	partager	repartager
infliger	patauger	replonger
insurger	pioger	ronger
interroger	plonger	saccager
jauger	préjuger	singer
juger	présager	songer
langer	prolonger	soulager
limoger	propager	submerger
linger	proroger	surcharger
loger	purger	surnager
longer	r(é)engager	transiger
louanger	rager	treillager
manager	␣ralléger	vendanger
manger	rallonger	venger
méjuger	ramager	vidanger
mélanger	ranger	voltiger
ménager	ravager	voyager
nager	réarranger	

表 11

acquiescer	enfoncer	percer
agacer	englacer	pincer
agencer	engoncer	**placer**
amorcer	enlacer	poncer
annoncer	énoncer	préfacer
arquepincer	ensemencer	prononcer
autofinancer	entrelacer	réamorcer
avancer	épicer	recommencer
balancer	épucer	réensemencer
bercer	espacer	relancer
carencer	évincer	remplacer
coincer	exaucer	renfoncer
commencer	exercer	renforcer
commercer	fiancer	renoncer
concurrencer	financer	repincer
contrebalancer	foncer	replacer
courroucer	forlancer	retercer
décontenancer	froncer	retracer
dédicacer	gercer	rincer
défoncer	glacer	romancer
défroncer	grimacer	saucer
délacer	grincer	sucer
dénoncer	immiscer	tancer
déplacer	indicer	tracer
désamorcer	influencer	transpercer
devancer	lacer	verglacer
distancer	lancer	violacer
divorcer	manigancer	
écorcer	menacer	
effacer	nuancer	
efforcer	opiacer	
élancer	ordonnancer	

表 12

aboyer	ennuyer	rougeoyer
apitoyer	essuyer	rudoyer
appuyer	festoyer	soudoyer
atermoyer	flamboyer	tournoyer
blanchoyer	fossoyer	tutoyer
broyer	foudroyer	verdoyer
carroyer	fourvoyer	vousoyer
charroyer	larmoyer	voussoyer
chatoyer	louvoyer	vouvoyer
choyer	**nettoyer**	
convoyer	octoyer	
côtoyer	ondoyer	
coudoyer	ployer	
déployer	r(é)employer	
désennuyer	remployer	
employer	reployer	
ennoyer	ressuyer	

表 13

balayer	égayer	pagayer
bégayer	embrayer	**payer**
déblayer	enrayer	r(é)essayer
débrayer	essayer	rayer
défrayer	étayer	relayer
délayer	frayer	remblayer
effrayer	monnayer	zézayer

表 14

envoyer renvoyer

表 15

abréger assiéger piéger
agréger désagréger **protéger**
alléger liéger siéger

表 16

agréer guéer récréer
créer maugréer suppléer
délinéer procréer toréer
gréer ragréer

表 17

affilier associer calligraphier
allier atrophier calomnier
amnistier authentifier carier
amplifier autographier carnifier
anémier autopsier certifier
anesthésier avarier charrier
apostasier balbutier châtier
apparier béatifier cinématographier
apprécier bénéficier clarifier
approprier bêtifier classifier
asphyxier bonifier codifier

表 17

colorier	dissocier	ingénier
communier	diversifier	initier
complexifier	domicilier	injurier
concilier	dragéifier	intensifier
confier	écrier	inventorier
congédier	édifier	irradier
contrarier	électrifier	justifier
convier	envier	licencier
copier	épier	lier
crier	estropier	liquéfier
crucifier	étudier	lithographier
dactylographier	excommunier	lubrifier
décalcifier	exemplifier	magnifier
décrier	expatrier	manier
dédier	expédier	marier
défier	expier	méfier
déifier	exproprier	mendier
délier	extasier	mésallier
démarier	falsifier	modifier
démultiplier	fier	momifier
démystifier	fortifier	morfier
démythifier	frigorifier	mortifier
dénier	fructifier	multiplier
déplier	glorifier	mystifier
déprécier	gracier	nazifier
dérelier	gratifier	négocier
désapparier	horrifier	nier
déshumidifier	humidifier	notifier
dévier	humilier	officier
différencier	hypertrophier	opacifier
disgracier	identifier	orthographier
disqualifier	incendier	ossifier

表 17

oublier	rassasier	scier
pacifier	ratifier	sérier
pallier	razzier	signifier
panifier	recalcifier	simplifier
parier	réconcilier	skier
parodier	recopier	solfier
pépier	récrier	solidifier
personnifier	rectifier	soucier
pétrifier	réexpédier	spécifier
photocopier	réfugier	spolier
photographier	réifier	sténographier
plagier	relier	strier
plachéier	remanier	stupéfier
planifier	remarier	supplicier
plier	remédier	supplier
polycopier	remercier	télécopier
pontifier	rengracier	télégraphier
prier	renier	terrifier
psalmodier	renvier	tonifier
publier	répertorier	torréfier
purifier	replier	trier
putréfier	reprographier	unifier
qualifier	répudier	varier
radier	résilier	verifier
radiographier	réunifier	versifier
rallier	revivifier	vicier
ramifier	sacrifier	vivifier
rapatrier	salarier	
rapiécer	sanctifier	

(注意 c → ç)

表 18

abasourdir	amoindrir	bannir
abâtardir	amollir	barrir
abêtir	amortir	bâtir
ablatir	amuïr	bénir
abolir	anéantir	blanchir
abonnir	anoblir	blêmir
aboutir	anordir	blettir
abrutir	aplanir	bleuir
accomplir	aplatir	blondir
accourcir	appauvrir	blottir
accroupir	appesantir	bondir
adoucir	appaludir	bouffir
affadir	appointir	brandir
affaiblir	approfondir	bruir
affermir	arrondir	brunir
affranchir	assagir	calmir
agir	assainir	candir
agonir	asservir	catir
agrandir	assombrir	chancir
aguerrir	assortir	chauvir
ahurir	assoupir	chérir
aigrir	assouplir	choisir
alanguir	assourdir	clapir
alentir	assouvir	compatir
allégir	assujettir	cônir
alourdir	attendrir	convertir
alunir	atterrir	cotir
amaigrir	attiédir	crépir
amatir	avachir	crounir
amerrir	avertir	croupir
ameublir	aveulir	débâtir
amincir	avilir	débleuir

表 18

décatir	doucir	époutir
décrépir	durcir	équarrir
définir	ébahir	esbaudir
défleurir	ébaubir	établir
défraîchir	ébaudir	étourdir
dégarnir	éblouir	étrécir
dégauchir	éclaircir	évanouir
déglutir	écrouir	faiblir
dégourdir	effleurir	farcir
dégrossir	élargir	**finir**
déguerpir	élégir	fléchir
déjaunir	embellir	fleurir
démaigrir	emboutir	forcir
démolir	embrunir	fouir
démunir	emplir	fourbir
dénantir	empuantir	fournir
dépérir	enchérir	fraîchir
dépolir	endurcir	franchir
déraidir	enforcir	frémir
désassortir	enfouir	froidir
désemplir	engloutir	garantir
désenlaidir	engourdir	garnir
désépaissir	enhardir	gauchir
désétablir	enlaidir	gémir
désinvestir	ennoblir	glapir
désobéir	enorgueillir	grandir
dessaisir	enrichir	gravir
dessertir	ensevelir	grossir
désunir	envahir	guérir
déverdir	envieillir	havir
dévernir	épaissir	hennir
divertir	épanouir	honnir

表 18

hourdir	périr	rechampir
impartir	pervertir	réchampir
infléchir	pétrir	reconvertir
intervertir	polir	recrépir
invertir	pourrir	redémolir
investir	préétablir	réfléchir
jaillir	prémunir	refleurir
jaunir	punir	refroidir
jouir	r(é)assortir	regarnir
languir	rabonnir	régir
lotir	rabougrir	regrossir
maigrir	raccourcir	réinvestir
matir	racornir	rejaillir
maudire	radoucir	réjouir
mégir	raffermir	rélargir
meurtrir	rafraîchir	rembrunir
moisir	ragaillardir	remplir
mollir	raidir	renchérir
mugir	rajeunir	répartir
munir	ralentir	repolir
mûrir	ramollir	res(s)urgir
nantir	rancir	resalir
noircir	raplatir	resplendir
nordir	ravilir	ressaisir
nourrir	ravir	rétablir
obéir	réagir	retentir
obscurcir	rebâtir	rétrécir
pâlir	reblanchir	rétroagir
pâtir	rebondir	réunir

表 18

réussir	saurir	tiédir
reverdir	serfouir	trahir
roidir	sertir	transir
rondir	sévir	travestir
rosir	subir	unir
rôtir	superfinir	vagir
rougir	surenchérir	verdir
rouir	surgir	vernir
roussir	surir	vieillir
roustir	tapir	vioquir
rugir	tarir	vomir
saisir	tartir	vrombir
salir	ternir	

表 19

entre-haïr **haïr**

表 20

aller

表 21

accourir	discourir	recourir
concourir	encourir	secourir
courir	parcourir	

表 22

abstenir	disconvenir	ressouvenir
advenir	entretenir	retenir
appartenir	intervenir	revenir
circonvenir	maintenir	soutenir
contenir	obtenir	souvenir
contrevenir	parvenir	subvenir
convenir	prévenir	survenir
détenir	provenir	**tenir**
devenir	redevenir	venir

表 23

dormir	endormir	rendormir

表 24

couvrir	ouvrir	rouvrir
découvrir	recouvrir	souffrir
entrouvrir	redécouvrir	
offrir	rentrouvrir	

表 25

desservir	resservir	**servir**

表 26

consentir	partir	ressentir
démentir	pressentir	ressortir
départir	repartir	**sentir**
mentir	repentir	sortir

表 27

dévêtir · revêtir · **vêtir**

表 28

mourir

表 29

acquérir · enquérir · requérir
conquérir · reconquérir

表 30

accueillir · **cueillir** · recueillir

表 31

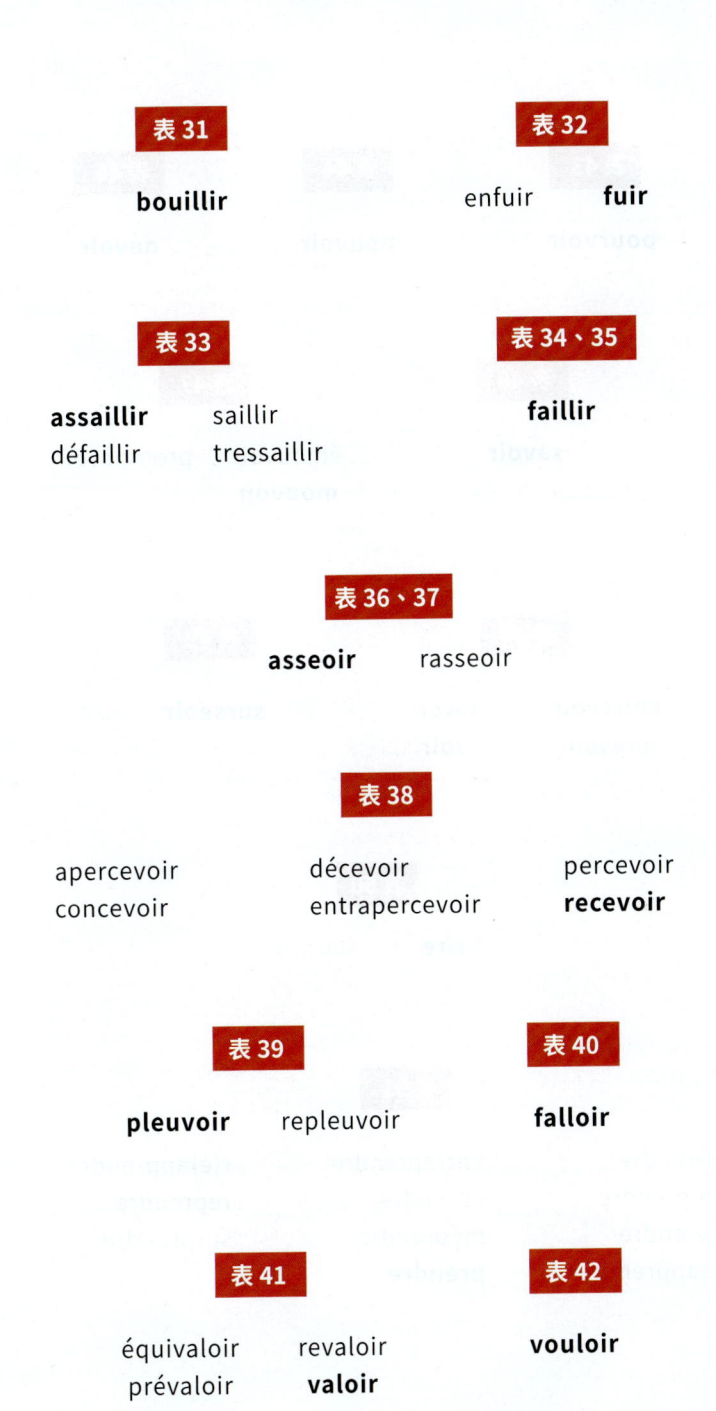

bouillir

表 32

enfuir **fuir**

表 33

assaillir saillir
défaillir tressaillir

表 34、35

faillir

表 36、37

asseoir rasseoir

表 38

apercevoir décevoir percevoir
concevoir entrapercevoir **recevoir**

表 39

pleuvoir repleuvoir

表 40

falloir

表 41

équivaloir revaloir
prévaloir **valoir**

表 42

vouloir

表 43

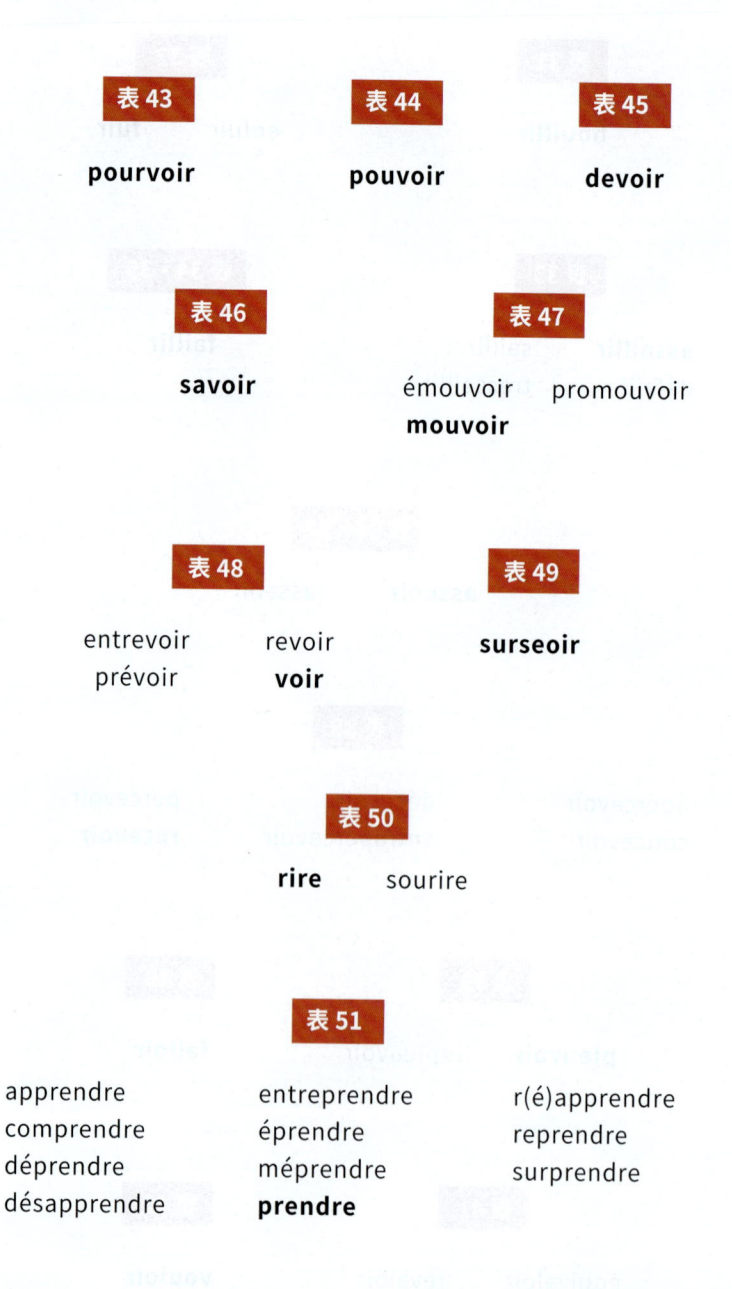

pourvoir

表 44

pouvoir

表 45

devoir

表 46

savoir

表 47

émouvoir   promouvoir
mouvoir

表 48

entrevoir   revoir
prévoir   **voir**

表 49

surseoir

表 50

rire   sourire

表 51

apprendre   entreprendre   r(é)apprendre
comprendre   éprendre   reprendre
déprendre   méprendre   surprendre
désapprendre   **prendre**

表 52

admettre	entremettre	promettre
commettre	mainmettre	remettre
compromettre	**mettre**	retransmettre
démettre	omettre	soumettre
émettre	permettre	transmettre

表 53

contrefaire	parfaire	satisfaire
défaire	redéfaire	surfaire
faire	refaire	

表 54

boire

表 55

apparaître	méconnaître	reconnaître
comparaître	paraître	reparaître
connaître	réapparaître	transparaître
disparaître	recomparaître	

表 56

croire   mécoire

表 57

conduire	induire	recuire
construire	instruire	réduire
cuire	introduire	réintroduire
déduire	luire	reluire
détruire	nuire	reproduire
éconduire	produire	retraduire
enduire	reconduire	séduire
entre-détruire	reconstruire	traduire

表 58

circonscrire	prescrire	souscrire
décrire	proscrire	transcrire
écrire	r(é)écrire	
inscrire	réinscrire	

表 59

| **coudre** | découdre | recoudre |

表 60

attendre	défendre	détordre
condescendre	démordre	distendre
confondre	dépendre	entendre
correspondre	descendre	éperdre
corrompre	détendre	étendre

表 60

fendre	redescendre	revendre
fondre	réentendre	rompre
interrompre	refondre	sous-entendre
mordre	remordre	sous-tendre
morfondre	**rendre**	suspendre
pendre	répandre	tendre
perdre	repandre	tondre
pondre	reperdre	tordre
pourfendre	répondre	vendre
prétendre	retendre	

表 61

abattre	contrebattre	entrebattre
battre	débattre	rabattre
combattre	ébattre	rebattre

表 62

astreindre	enfreindre	repeindre
atteindre	éteindre	restreindre
ceindre	étreindre	reteindre
dépeindre	feindre	teindre
déteindre	geindre	
empreindre	**peindre**	

表 63

adjoindre	**joindre**	poindre
disjoindre	rejoindre	
enjoindre	oindre	

表 64

| contraindre | craindre | **plaindre** |

表 65

| | convaincre | **vaincre** | |

表 66

| abstraire | distraire | soustraire |
| braire | extaire | **traire** |

表 67

| complaire | **plaire** |
| déplaire | taire |

表 68

| **naître** |
| renaître |

表 69

| élire | **lire** | réélire | relire |

表 70

contredire	interdire	redire
dédire	médire	
dire	prédire	

表 71

| **conclure** | exclure | inclure |

表 72
moudre

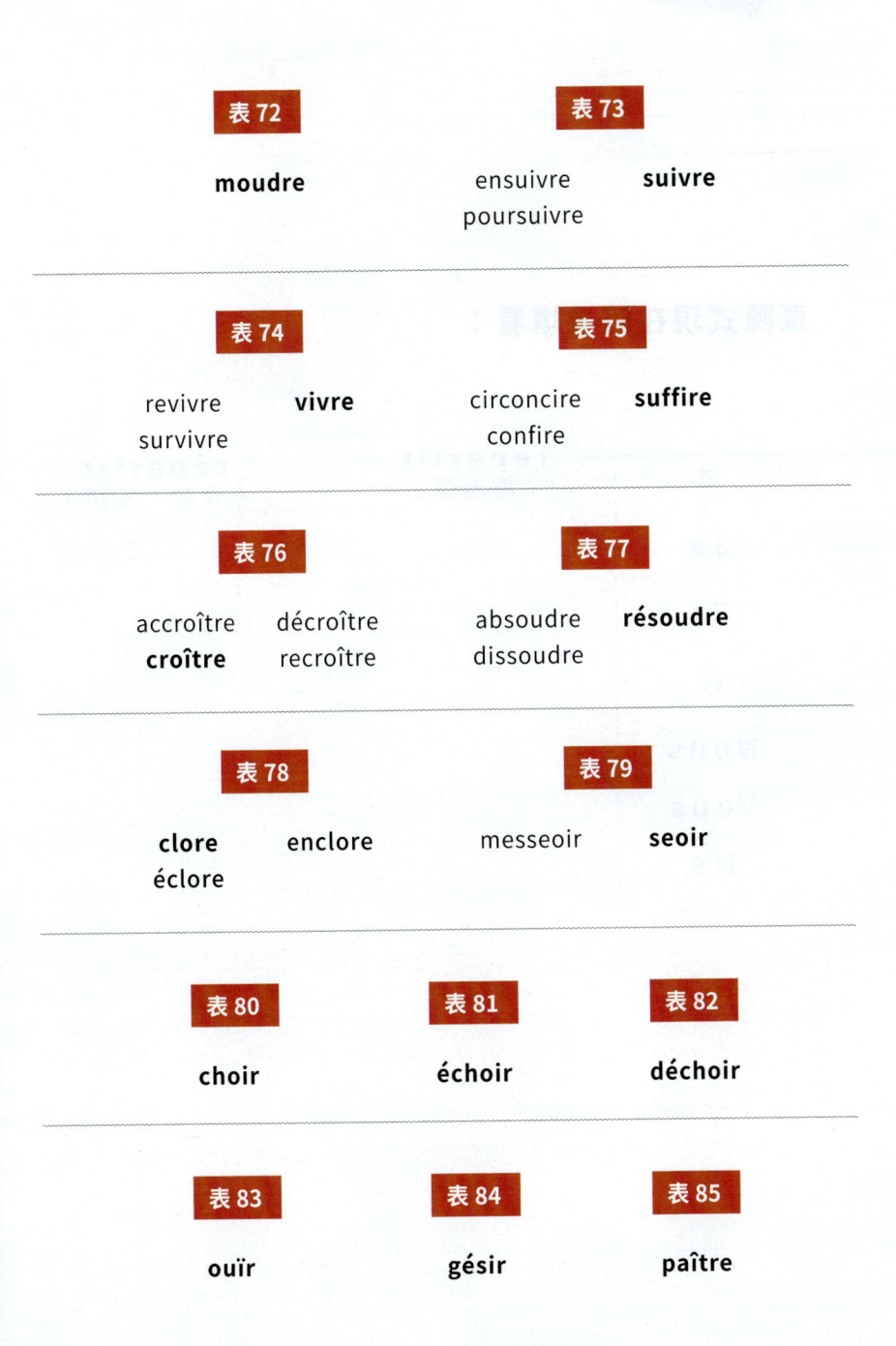

表 73
ensuivre **suivre**
poursuivre

表 74
revivre **vivre**
survivre

表 75
circoncire **suffire**
confire

表 76
accroître décroître
croître recroître

表 77
absoudre **résoudre**
dissoudre

表 78
clore enclore
éclore

表 79
messeoir **seoir**

表 80
choir

表 81
échoir

表 82
déchoir

表 83
ouïr

表 84
gésir

表 85
paître

直陳式現在時填填看：

	repartir （再出發）	répartir （分配、安排）
Je		
Tu		
Il		
Nous		
Vous		
Ils		

Cahier

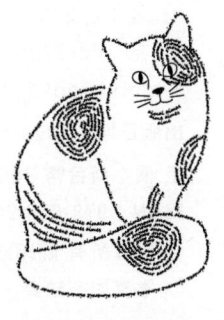

國家圖書館出版品預行編目 (CIP) 資料

分類記憶法語動詞變化／賴志鈞 編．

-- 初版— 臺北市：吉古出版社, 2024. 10
面； × 公分

ISBN 978-626-98418-0-6(平裝)
1. CST：法語 2. CST：動詞

804.565   113002533

分類記憶法語動詞變化

編　者：賴志鈞
法文校正：Mélanie POSTIC
美術編輯：李昱萱
封面設計：林佳慧

發行人：賴志鈞
發行所：吉古出版社 Maison d'édition JIGUEN
地　址：台北市文山區辛亥路四段 128 號之 1 號 1 樓
電　話：(02)26482473
手　機：0984531207
FACEBOOK：吉古出版社
印刷廠：鉅威彩藝印刷事業有限公司

總經銷：紅螞蟻圖書有限公司
地　址：台北市 114 內湖區舊宗路 2 段 121 巷 19 號
電　話：02-27953656 傳真：02-27954100
E-mail：red0511@ms51.hinet.net
出版日期：2024 年 10 月 初版一刷
定　價：新台幣 300 元
ISBN：978-626-98418-0-6

◎ 版權所有 翻印必究

◎ 本書如有缺頁、破損、裝訂錯誤，請至出版社網站申請更換